T0179005

Los adictos.

Los adictos

Paolo Roversi

Traducción de
Itziar Hernández Rodilla

Rocaeditorial

Título original: *Addicted*

© 2019, Paolo Roversi

Edición publicada en acuerdo con Piergiorgio Nicolazzini Literary Agency (PNLA).

Primera edición: enero de 2021

© de la traducción: 2021, Itziar Hernández Rodilla
© de esta edición: 2021, Roca Editorial de Libros, S. L.
Av. Marquès de l'Argentera 17, pral.
08003 Barcelona
actualidad@rocaeditorial.com
www.rocalibros.com

Impreso por EGEDSA

ISBN: 978-84-17968-20-5
Depósito legal: B. 21356-2020
Código IBIC: FF; FH

RE68205

Para Max,
que ha visto nacer y crecer esta historia.
Este libro es para ti, amigo mío,
dondequiera que estés ahora.

Last thing I remember, I was
Running for the door.
I had to find the passage back to the place I was before.
«Relax» said the night man,
«We are programmed to receive.
You can check out any time you like,
But you can never leave!»

EAGLES, *Hotel California*

* * *

If your day is gone
and you want to ride on
Cocaine
Don't forget this fact
You can't get it back
Cocaine
She don't lie, she don't lie, she don't lie
Cocaine.

ERIC CLAPTON, *Cocaine*

ADICTO, TA: adj. Dicho de una persona: que tiene adicción a algo o alguien, siendo la adicción una dependencia de sustancias o actividades nocivas para la salud o el equilibrio psíquico.

Prólogo

Offenburg (Alemania), 1994

Al comisario Jürgen Fischer el nombre no le había parecido nunca tan apropiado como aquella Nochebuena: Selva Negra. Se refería al inmenso bosque que rodeaba y deglutía, con sus imponentes abetos, aldeas y caminos de la región de Baden-Wurtemberg, una zona que se extiende, de norte a sur, a lo largo de cientos de kilómetros. Obviamente, el origen de aquel apelativo se debía a la densísima vegetación aunque, en aquel momento, el color predominante del paisaje era el blanco.

Hacía horas que era noche cerrada y la nieve no había dejado de caer desde la mañana.

Las pesadas botas de Fischer se hundían hasta los tobillos haciéndole difícil avanzar. Acompañando al comisario iba Conrad Berger, un guía experto que, pese a conocer el lugar como la palma de su mano, despotricaba debatiéndose por encontrar la dirección correcta. Fischer recordaba haber leído en una de las publicaciones para turistas a la venta en todas las librerías de Friburgo a Stuttgart que por allí había más de veinte kilómetros de senderos para excursionistas: un auténtico laberinto, teniendo en cuenta las actuales condiciones atmosféricas. Por no hablar de que, con aquella oscuridad y con los copos de nieve cayendo densos, parecía que estuviesen caminando por una landa remota de Alaska más que por un paraíso de amenos paseos en el corazón de Alemania.

Para hacer honor a la verdad, aquella zona no era ni siquiera competencia suya, pero los colegas de Friburgo, ya bajo mínimos debido a las vacaciones, habían quedado aislados por la nevada y le había tocado a él bailar con la más fea. La llamada había llegado cuando se encontraba a medio camino entre Baden Baden y Offenburg, donde vivía su hermana Adelmute. Como cada año, se dirigía a su casa para pasar las fiestas.

Sus superiores no tenían la más mínima duda de que aceptaría: Fischer no estaba casado ni tenía hijos, así que el espíritu navideño no lo contagiaba y no tenía ningún problema en trabajar ni siquiera en Nochebuena.

—Jürgen, hay que hacer una comprobación de rutina. Y, visto que vas de camino a Offenburg, eres el que más cerca está… Te acompañará un guía experto para que no te pierdas en el bosque.

Aunque no se había podido negar, comenzaba ya a arrepentirse.

La tormenta de nieve no daba señales de amainar y el rastro luminoso que había dejado en el cielo la bengala que había desencadenado todo aquello hacía ya un rato que se había extinguido. Por suerte, Berger y los muchachos del rescate de montaña habían tenido tiempo de calcular con cierta aproximación el punto exacto desde el que se había disparado aquel haz, y ahora Fischer y el guía se dirigían hacia allí.

No sabían qué les esperaba. Podía tratarse de cualquier cosa: una indisposición, en cuyo caso Conrad se encargaría de estabilizar al paciente gracias a su cualificación, a la espera del rescate. Si, en cambio, había sucedido algo más, bueno, Fischer estaba allí, con su placa y su pistola, precisamente para eso…

Disparar una bengala de socorro, del tipo usado en el mar por las embarcaciones en dificultades, era una práctica bastante común en aquella zona para situaciones de emergencia. Por ejemplo, si las líneas telefónicas no funcionaban o, lo que era más realista, si los habitantes de las cabañas esparcidas por el bosque no tenían siquiera teléfono. Varias familias vivían en el corazón salvaje de la Selva Negra y quizás en aquel momento alguna estaba en apuros.

Los dos hombres avanzaban despacio entre los troncos de altos árboles y un manto blanco que no dejaba de engordar. El guía llevaba en la mano derecha una brújula y buscaba el mejor recorrido para llegar al punto calculado. En la izquierda empuñaba una linternita con la que iluminaba la nieve ante ellos.

Estaban siguiendo lo que, en condiciones normales, debía de ser un sendero de tierra, pero que, en aquella situación, era un trayecto arduo.

Fischer se preguntó si estarían, de verdad, avanzando en la dirección correcta. Y a la búsqueda… ¿de qué? No estaba claro. Habían transcurrido ya cuatro horas desde la señal de socorro, una eternidad si quien había pedido ayuda estaba en peligro de muerte…

Tras otras dos horas de esfuerzo, llegaron por fin a su destino. Berger echó un vistazo rápido y se volvió asustado hacia el comisario señalando algo ante él. La débil luz de su linterna iluminó una mancha roja en la nieve. A primera vista, parecía un animal herido. En la Selva Negra eran frecuentes escenas así: cazadores y cazados empeñados en la eterna lucha por la supervivencia. Podía tratarse de un ciervo o de un corzo atacado por lobos. Fischer se acercó otro paso: la víctima no tenía ni patas ni pezuñas, sino un par de robustas botas con suela antideslizante.

La nieve dejó de caer de pronto. Solo entonces el policía se dio cuenta del gran silencio piadoso que lo rodeaba. Ante

17

sus ojos se abría un pequeño claro delimitado por la espesura del bosque, un círculo perfecto en medio de los abetos. En el centro del escenario, aquel inquietante charco rojo.

El guía encendió los focos que llevaba en la mochila, y entonces Fischer pudo ver aquel horror que sería incapaz de olvidar durante el resto de su vida...

1

Ginebra (Suiza), actualidad

$\mathcal{R}$ebecca Stark observaba fascinada el chorro de agua que se alzaba potente hacia el cielo desde el centro del lago Lemán. Aquella mañana de finales de abril era como si estuviese viviendo un sueño: un jet privado había volado expresamente a Londres para llevarla a la cita. Había embarcado en el London City Airport bajo la lluvia y desembarcado en Suiza, donde la había recibido un templado día de sol.

Ahora estaba sentada en un sillón de diseño, en un lujoso despacho de grandes ventanales. Frente a ella, al otro lado de un escritorio con la superficie de cristal, se encontraba Grigori Ivánov, un magnate ruso del petróleo al que había conocido hacía casi un año, cuando lo había tenido como paciente.

Ivánov era un hombre alto y elegante, de unos sesenta años, con ojos grises y el cabello del mismo color, muy corto. Llevaba un traje oscuro sin corbata y un reloj de oro, adquirido, casi seguro, en una de las muchas joyerías de la ciudad. Mientras lo escuchaba, Rebecca había vuelto a las semanas —ocho en total— durante las que su interlocutor había estado a su cuidado. Entonces, el ruso no había mostrado ni rastro de la seguridad y la determinación de la que hacía gala ahora.

Cuando lo había conocido en su consulta de Kensington, se había encontrado con un hombre de rostro demacrado, mirada huidiza y expresión apagada, físicamente debilitado por las malas costumbres.

Solo en aquel momento se dio cuenta Rebecca de que Ivánov le había hecho una pregunta.

—¿Perdone?

—He dicho que se estará planteando el por qué he querido verla con tanta urgencia…

La mujer no respondió. Se limitó a inclinar levemente la cabeza.

—Como sabe, soy muy rico y presumo de ser también un discreto hombre de negocios. Pero, para lo que tengo en mente, no pienso en los beneficios. Al menos, no en los inmediatos, porque todo se hace por interés propio, ¿verdad? Seré directo, doctora: quiero que proporcione a otros la ayuda que me prestó a mí. Mi deseo es que su método beneficie y cure a todas las personas posibles, a cambio de una compensación justa, por supuesto.

Rebecca lo miró interrogativa, como un jugador de ajedrez observaría a su contrincante en espera de su siguiente movimiento.

—Le estoy proponiendo que trabaje para mí. ¿Le interesa?

Ella volvió a mirarlo desafiante, aunque en el fondo admirada. ¿Podía fiarse de él?

Según el historial médico que ella misma había redactado, sí: estaba perfectamente curado. Hacía ya ocho meses que no se producían recaídas y, a ojos vista, el magnate era el vivo retrato de la salud. Por desgracia, y también esto lo había aprendido con los años, a menudo las apariencias engañan. Especialmente en el caso de enfermedades como las que ella trataba en su consulta, en las que los pacientes se convierten en hábiles impostores y hacen de la mentira un arte para ocultar su perturbación a los demás.

Ivánov se puso en pie y Rebecca sintió que debía hacer lo mismo. Se acercaron al resplandeciente ventanal calentado por los rayos de sol.

—Su método es fantástico, doctora. ¡Usted es fantástica! Por eso he decidido invertir.

Rebecca no sabía si sentirse halagada o asustada.

Durante todo el viaje en avión se había estado preguntando por qué la convocaba el ruso con tanta urgencia. La había llamado por teléfono la noche anterior y había insistido hasta que había cedido y aceptado reunirse con él. Se había visto obligada a retrasar muchas citas, pero Ivánov le había asegurado que le pagaría cinco mil libras esterlinas solo por la molestia. El hombre no había reparado en gastos: una limusina había pasado a recogerla ante el portal de su edificio en Allen Street. Muchos transeúntes se habían acercado curiosos y algunos habían hecho incluso fotos con el móvil tomándola por quién sabe qué famosa. Sonrojada por la vergüenza, había subido al vehículo, y el chófer había cerrado la puerta con una pequeña reverencia. El coche la había llevado hasta el aeropuerto, donde la esperaba un Piper con los motores ya en marcha. Ante semejante urgencia, las suposiciones más disparatadas se habían amontonado en la mente de Rebecca; la que creía más plausible era una recaída fulminante de Ivánov, que necesitaría consejo médico inmediato de su expsiquiatra. Caprichos de ese estilo son típicos de las personas muy acaudaladas que piensan que todo tiene arreglo y se soluciona con dinero.

Ahora, en cambio, estaba desorientada. Encontrarse con un expaciente en espléndida forma, que le hacía además una propuesta de trabajo, la había descolocado por completo. Intentó ganar tiempo para entender de qué se trataba.

—¿Invertir en mí?

—Exacto. ¿Sabe?, tengo que felicitarla de verdad, doctora Stark: no pensaba que pudiese funcionar y, sin embargo, ¡míreme!

Lo observó. Ivánov continuaba sonriendo como los vendedores de la teletienda y aquello no era en modo alguno un comportamiento habitual en él: durante su tratamiento no lo había hecho nunca. Rebecca había tratado siempre con un hombre de pésimo humor y bastante recalcitrante en el cumplimiento de sus instrucciones. Al final, no obstante, con paciencia y dedicación, había conseguido ponerlo de su parte, y lo había convencido de que se fiase de ella y de sus métodos. Y consiguió curarlo. O, por lo menos, devolverle cierta estabilidad, puesto que muchas patologías no desaparecen nunca. Como había explicado en numerosas ocasiones, el método Stark era eficaz para tenerlas bajo control, no para eliminarlas del todo; lo mismo que sucede con un exalcohólico que tiene que mantenerse permanentemente lejos de la bebida...

—Es cierto, no lo había visto nunca tan bien —concedió.

—Me siento lleno de energía y de ideas, ¿sabe? Aunque debo confesarle que, por lo general, no soy propenso a fiarme de personas tan jóvenes como usted para jugarme una cantidad tan elevada...

Rebecca sonrió.

—Joven, pero ¡con experiencia! Como sabe, tengo treinta y ocho años, quince de los cuales los he dedicado a estudiar y trabajar precisamente en casos como el suyo.

Ivánov asintió.

—Estoy muy satisfecha de los resultados obtenidos —continuó la psiquiatra mirándolo a los ojos— y es posible que usted sea mi logro más notable.

—¿Eso quiere decir que acepta?

—Antes tiene que explicarme mejor los detalles, si no le importa.

—Por supuesto.

El ruso sacó del bolsillo de la chaqueta un pequeño mando a distancia. Pulsó un botón y la sala comenzó a transformarse ante ellos: los ventanales se oscurecieron con gruesas persianas y del techo bajaron una pantalla de cine y un proyector de última generación.

—Se lo mostraré con un vídeo. ¿Sabe?, las personas como yo tenemos la necesidad de querer ver con nuestros propios ojos las cosas en las que invertimos. De tocarlas, como si dijéramos. He pensado que a usted también le gustaría.

Señaló el sofá de piel situado al otro lado del despacho. Cuando ambos se hubieron acomodado, inició la proyección.

En los primeros planos, rodados seguramente con un dron, se veía una zona rural verde y exuberante; luego, a medida que se acercaba al suelo, la cámara rodeaba una antigua villa circundada de campos cultivados y olivares.

«¡Qué lugar más espléndido!», pensó Rebecca.

Ivánov pulsó la pausa. La imagen congelada parecía una postal: antiguos muros sombreados por palmeras y chumberas, flores en todas las ventanas, colores cálidos en torno a la villa sumergida en una vegetación deslumbrante.

—¿Le gusta?

—Mucho. ¿Es una finca agrícola?

—No exactamente. Se encuentra en el sur de Italia, en Pulla, en el Alto Salento para ser precisos. Es lo que allí se llama una *masseria*, una especie de masía. La compré el año pasado y, en los últimos meses, la he hecho restructurar por completo. Data de 1500 y, durante cinco siglos, ha sido una finca agrícola y ganadera. Querían convertirla en un hotel *boutique*, pero me he adelantado porque creo que es perfecta para nuestro fin. Es bonita, ¿verdad?

23

—Espléndida, pero no entiendo qué tengo yo que ver con todo esto...

—Lo comprenderá dentro de un minuto.

Ivánov pulsó de nuevo el botón de reinicio y dio comienzo con ello a una especie de anuncio televisivo.

Con la imagen de la antigua hacienda se alternaron muchas otras —todas montadas en rápida sucesión y con mucho acierto— de personas de varias etnias, hombres y mujeres, con las caras hoscas y preocupadas. Estas tomas estaban desenfocadas, como si las hubiesen rodado a escondidas en una gran ciudad. Daban paso a escenas ambientadas en las salas de la villa, elegantemente amuebladas y luminosas, a las que se sobreponían auroras y ocasos capturados desde una de las ventanas de la casa. Seguía luego una panorámica aérea que mostraba los olivos milenarios de los alrededores, suaves cuestas y, en el horizonte, el azul intenso del mar. En aquel punto, la secuencia se iba deteniendo y Rebecca comenzó a tener sensaciones positivas y de relajación. Un lugar seguro en el que refugiarse. Al final, una voz femenina, cálida y atractiva, sonó por los altavoces: «¿Quiere liberarse por fin y para siempre de sus obsesiones, de sus pulsiones morbosas y de los malos hábitos que envenenan su vida? En la Sunrise podrá resurgir. Contacte con nosotros, es gratuito».

En sobreimpresión aparecieron un número de teléfono y una dirección de correo electrónico. El vídeo terminó. La pantalla y el proyector desaparecieron en el techo, y las persianas se elevaron dejando a la vista de nuevo las aguas azules y calmas del lago.

—¿Lo ha entendido ahora, doctora?

Rebecca dudó.

—No exactamente...

—Pero ¡si es muy sencillo! La que ha visto en el anuncio será la primera de las sedes oficiales de la clínica Sunrise, que abriremos bajo su dirección para «regalar esperanza y obrar pequeños milagros». ¿Qué me dice? ¿Le gusta como eslogan? Con toda modestia, lo he ideado yo. El vídeo promocional se emite ya en todo el mundo y han comenzado también otras iniciativas mediáticas. Centenares de personas han respondido y mi plantilla de expertos está ya preseleccionándolas. Por supuesto, será usted quien decida las admisiones valorando a los candidatos. Tendrá total libertad: su método, su elección. Las plazas son limitadas y...

—¿De verdad quiere que las dirija yo? —lo interrumpió.

—Pues claro. Usted es la mejor, ya se lo he dicho. He tenido en cuenta todos los detalles y sé que no me decepcionará...

Rebecca sonrió halagada. El ruso la estaba arrastrando con su entusiasmo y sabía también cómo estimular su ego. Después de todos los sacrificios que había hecho para poner a punto su método de tratamiento, aquella podía ser de verdad una ocasión única.

Ivánov, entretanto, no había dejado de hablar, midiendo a grandes pasos el perímetro del despacho mientras exponía su proyecto.

—Las clínicas Sunrise serán la joya de la corona de mis actividades. Las abriré en todas partes: Francia, Alemania, Estados Unidos, Canadá...

—¿Cree de verdad que será rentable?

Él se echó a reír de satisfacción.

—¿Rentable? Doctora, haré dinero a espuertas con esas clínicas. Piénselo un momento: casi todo el mundo sufre alguna manía, una fobia, una adicción que lo atormenta desde siempre y de la que querría liberarse. A partir de ahora, podrá hacerlo gracias a usted y a las clínicas Sunrise.

—Así que no lo hace por filantropía...

—Es un negocio. Trataremos a los primeros pacientes gratis para convertirlos en nuestros testigos: personas normales y corrientes, procedentes de las clases sociales más dispares, que habrán probado el método y salido de su adicción. ¿Qué mejor tarjeta de presentación para nuestra actividad? Los pacientes que se registren posteriormente pagarán generosamente.

Rebecca habría querido seguir preguntando, pero él se lo impidió.

—Aún espero su respuesta, doctora. ¿O desea discutir su retribución?

—Estoy segura de que será una buena oferta.

—Bien. Entonces, bienvenida a bordo.

—Gracias.

Se estrecharon la mano sonriendo, aunque Rebecca, más que entusiasmo, sentía una ligera vergüenza. El ruso, en cambio, era un torrente de energía.

—La llevaré a comer a un restaurante muy cercano, en la Rue du Mont-Blanc. Una excelente comida. ¡Sin duda porque es mío! Beberemos champán y le mostraré la campaña promocional que he planeado para el lanzamiento.

La doctora asintió y decidió dejar de lado, al menos por el momento, sus dudas. Aunque no sin antes haber hecho una última pregunta que le daba vueltas por la mente desde hacía un rato.

—¿Cuántos serán los primeros pacientes que tendré a mi cuidado?

—¿Quiere decir los adictos? ¡Siete por supuesto! Como los pecados capitales, o las plagas de Egipto si lo prefiere.

«O los enanitos de Blancanieves», pensó Rebecca, pero se abstuvo de decirlo. En el fondo, aquel hombre le estaba regalando la satisfacción personal más importante de su carrera: ¿por qué arruinarlo con una broma de mal gusto?

Ivánov, entretanto, había llegado a la puerta y la había abierto con gesto caballeroso.

—*On y va?* —preguntó en un francés más bien inseguro.

—*Bien sûr* —respondió Rebecca.

Aún no estaba convencida del todo, pero había decidido dejarse llevar por la corriente para ver adónde llegaba: puede que a mar abierto o, quizás, a estrellarse contra los escollos después de caer por una catarata.

Stuttgart (Alemania), actualidad

El gimnasio apestaba a sudor y olía a talco, pero a Lena Weber no le importaba. Para ella solo contaba no perder el ritmo de las flexiones. Se habría entrenado incluso en un vertedero con tal de no renunciar a sus tres horas de ejercicio al día. Por eso, todas las mañanas, se metía en aquel agujero de la Theodor-Heuss-Strasse antes de ir a trabajar al bar. Era metódica hasta casi la obsesión. Siempre la misma rutina, siete días a la semana: calentamiento, flexiones, comba y algún puñetazo al saco si no encontraba a nadie con quien cruzar guantes. Aquella mañana había tenido suerte. Erich no estaba de servicio y había accedido a intercambiar unos golpes con ella.

—Tendré cuidado, corazón.

Lena había sacudido la cabeza. No había que subestimarla y Erich lo sabía bien porque, hacía años, la había detenido por una pelea. Fue cuando la mujer se enfrentó a un par de motoristas que estaban molestando a una de las camareras.

—¡Eh, capullos! ¿Cómo mierda se os ocurre meter ficha con una de las chicas? ¿Es que no sabéis que esto es un bar «de mujeres»?

—¡Cierra la boca, comecoños!

Había bastado aquel insulto para desencadenar la ira de

la joven Weber, que había saltado el mostrador como si estuviese en el viejo Oeste y los había tumbado con el bate de béisbol que reservaba para situaciones desagradables como aquella. Había, no obstante, puesto demasiado entusiasmo en vapulearlos y uno había llamado a la Policía. Al llegar los agentes, los dos moteros estaban en el suelo con muchos menos dientes de los que tenían al comienzo de la noche. Erich no había hecho comentarios ni pedido explicaciones a Lena: le había puesto las esposas y se la había llevado. Un asunto ordinario para la Policía de Stuttgart.

Una semana más tarde se habían encontrado por casualidad en el gimnasio y él había comenzado a hacerle de *sparring*.

—Es mejor que te desahogues aquí —le había aconsejado.

Lena tenía el pelo muy rubio, cortado al uno, lo que la hacía parecer aún más alta. Era delgada como un junco, todo nervios y músculos culebreando bajo una telaraña ininterrumpida de tatuajes que le cubrían casi por completo la espalda y los antebrazos.

El policía pesaba al menos treinta kilos más que ella, y le sacaba varios centímetros de altura. Una especie de gigante forzudo. Por eso le gustaba pelear con él: adoraba los retos imposibles.

Comenzaron con un intercambio tranquilo. Erich, con los brazos mucho más largos, la mantenía a distancia sin esfuerzo. Pero Lena, después de los primeros minutos de análisis, comenzó a atacar con la cabeza gacha. Algo había hecho clic en su interior, una especie de instinto animal. Le asestó puñetazos en el torso, en los brazos, hasta un derechazo a la cara. Erich entendió enseguida la indirecta y se empeñó en boxear sin freno. ¡No podía dejar que lo ganase una mujer!

Los pocos presentes a aquella hora interrumpieron sus

ejercicios para acercarse al ring y observar el enfrentamiento.

Ella se había convertido en una fiera: cargaba y encajaba sin inmutarse. El hombre lanzó dos directos a la cara de la mujer, que se tambaleó pero se mantuvo en pie. Él pensó, quizá, que tenía la pelea en el bolsillo y que podía relajarse.

No fue un pensamiento acertado.

Ante la primera duda, Lena aprovechó para golpearlo repetidamente en el hígado. Como un martillo hidráulico. A Erich le faltó el aliento y ella le lanzó un derechazo letal en el pómulo, que lo hizo caer al suelo con la nariz chorreando sangre.

—Maldita bollera —siseó un hombre—. Tenía que ser algo tranquilo...

La mujer se masajeó los hombros lanzándole una mirada compasiva, y luego salió del cuadrilátero bajo los ojos admirados de los demás.

Pero no se dirigió al vestuario. Aún no había terminado: le faltaba el banco.

Antes de cargar la haltera se detuvo un momento a mirarse la cara en uno de los muchos espejos sucios que había en la pared. El policía no se había cortado y le iba a salir un buen moratón en el ojo derecho. También el labio se le estaba hinchando, pero eso no le importaba tanto.

Se inclinó e hizo una treintena de flexiones. La ayudaban a relajarse. Cuando terminó, se tumbó sobre el banco para los levantamientos. Hizo primero cuatro series simples, con quince kilos a cada lado. Dos minutos de ejercicio, dos minutos de descanso. Como la seda.

A continuación, otras cuatro con veinte kilos. Tres minutos de ejercicio, tres de descanso. El corazón le latía como loco, pero se sentía fuerte, potente, divina.

Cuando cargó veinticinco kilos a cada lado, uno de los entrenadores del gimnasio, Holger, se le acercó preocupado.

31

—¿Estás segura de levantar tanto peso? ¿Después de una pelea de boxeo y dos series ya completas?

Ni se molestó en contestarle.

Se acomodó y comenzó la primera serie.

Uno, dos, tres…

Se le nubló la vista y la barra comenzó a pesar demasiado.

Cuatro, cinco…

De pronto, se hizo la oscuridad.

Lo último que oyó fue el grito de Holger:

—*Scheisse!* Rápido, llamad a alguien. Lena se ha desmayado.

Canal de la Mancha (Gran Bretaña), actualidad

Rebecca Stark observó su imagen reflejada en la ventanilla del avión. Una hermosa mujer rubia en lo mejor de la vida, con escrutadores ojos azules, como le decían a menudo sus pacientes. Se atusó mecánicamente el pelo. Sabía que tenía un aspecto más bien agotado después de aquella jornada, pero nadie habría podido culparla: acariciaba entre las manos un cheque de cien mil libras como anticipo por cerrar sus actividades londinenses y prepararse para la nueva aventura.

Mientras bajo ella aparecían las luces de la costa de Dover con sus acantilados, sintió que la cabeza le daba vueltas; puede que hubiese bebido demasiado, o quizás había sido la vorágine de emociones a las que la había arrastrado Ivánov lo que la había trastornado. El ruso le había estado contando con creciente entusiasmo el proyecto Sunrise y Rebecca, cuanto más lo escuchaba, más sentía aumentar su euforia.

—A partir de la semana que viene —le había explicado— intensificaremos la frecuencia de los anuncios en todo el mundo y todos los medios: tele, radio, internet… ¡No repararé en gastos! Descubriremos los casos clínicos más interesantes y los transformaremos en nuestros rostros publicitarios; una vez, por supuesto, que usted los haya curado, doctora. Las clínicas Sunrise serán un éxito en todo el mundo.

No dejaba de repetirlo mientras le servía champán.

Llegado un punto, la doctora Stark incluso había dejado de escuchar y se había limitado a sonreír y levantar la copa cuando la incitaban. Aquel tipo le estaba ofreciendo lo que había soñado siempre, ¿qué más podía desear?

Sería un giro total de su vida después de años de sacrificios. Cierto, tendría que renunciar a la paz de su consulta, a aquella zona de confort que se había creado trabajando con ahínco, a sus pacientes... A todo.

El Piper viró un poco y el comandante anunció que comenzaban el descenso hacia Londres.

La ciudad resplandecía. La mujer suspiró y se abrochó el cinturón de seguridad, preparándose para el aterrizaje. Tendría un montón de cosas en las que pensar en los próximos días y varias decisiones importantes que tomar, pero sabía que podía hacerlo.

2

Offenburg (Alemania), 1994

La nieve cubría el cadáver casi por completo. A su alrededor, el rojo de la sangre y un ominoso silencio amortiguado.

Fischer se había acuclillado para estudiar mejor aquella carnicería.

La escena estaba iluminada, como a la luz del día, por los dos potentes focos que Berger había llevado en la mochila. Las baterías no durarían mucho, así que el policía aprovechaba para hacer fotografías con su Nikon. Lo documentaba todo antes de que la escena se viese comprometida por los agentes atmosféricos. Aquellas instantáneas servirían para la investigación, para mostrar las condiciones en las que estaba el cuerpo cuando lo habían encontrado. Le habían cortado las dos manos y la garganta, tan profundamente que la cabeza casi se había separado del cuello. Era espeluznante.

—Alguien ha atacado a la víctima con una hoja muy afilada —dijo guardando la cámara en su funda.

El otro hombre no respondió.

Con el mayor cuidado posible, el comisario intentó retirar la capa de nieve que se había ido depositando sobre la cara del muerto. Llevaba guantes por precaución, aunque dudaba mucho de que los de la Científica —que a saber cuándo iban a llegar— consiguieran encontrar huellas en un ambiente tan difícil, con un crimen cometido bajo una tormenta de nieve...

—Individuo caucásico, en torno a los cuarenta años, me inclino a pensar —recitó como si tuviese al lado a un colega y no a un civil aterrorizado—. Ojos azules, cabello rubio. Puede que alguien de la zona, que vive en alguna cabaña de por aquí...

Tampoco esta vez le contestó Berger. Se había sentado con la espalda contra un árbol y tenía la cabeza entre las manos.

El horror es aún más terrible si no lo has experimentado antes.

Fischer, por desgracia, no tenía esa suerte. A él le había pasado ya, hacía muchos años, y también entonces sobre la nieve. Había sucedido en 1971, durante uno de sus primeros turnos de guardia en Berlín, mientras vigilaba la parte occidental del Muro, la de los Aliados. La zona entre los dos puestos de guardia y las vallas era una larga franja blanca, entre las dos fronteras, vigilada como la caja fuerte más valiosa de la historia. A veces alguien intentaba por sorpresa correr hacia el Muro para saltarlo, pero demasiado a menudo los VoPos —el sobrenombre de los militares de la Volkspolizei, la policía de la República Democrática Alemana— tenían todo el tiempo del mundo para apuntar y disparar hasta que el desventurado caía al suelo y su sangre ensuciaba la plácida franja de control.

Aquella noche, poco después de la una, en el lado este había comenzado a sonar una sirena y potentes reflectores habían iluminado a un fugitivo que había trepado el Muro por la parte oriental. Fischer había sentido que se le helaba la sangre en las venas cuando el faro había cubierto de luz al tipo sentado a caballo sobre la pared divisoria, a un salto de la libertad. Las balas de los VoPos habían sido inexorables.

Unos minutos más tarde, les había tocado a él y a otro recluta recuperar el cadáver caído en la parte occidental. Al darle la vuelta, la mirada vidriosa del prófugo había sido como una cuchillada para el entonces joven de veinticinco años que era Jürgen Fischer. El único consuelo era que la muerte había sido instantánea: estaba muerto antes de llegar al suelo.

No podía decirse lo mismo de la víctima que tenía ante él en aquel momento: no la habían asesinado con un disparo preciso del fusil de un francotirador, muy al contrario. Lo que tenía ante él era el resultado de un feroz homicidio, cometido con arma blanca.

—¿Me ha oído? —preguntó.

Al no obtener respuesta alguna, Fischer volvió a erguirse y se dirigió a su acompañante. Entendía muy bien su turbación por aquel macabro espectáculo. Pero su instinto de policía con veinte años de experiencia le sugería alguna cosa más.

Se acercó y estudió la expresión abatida de Berger. Ahora estaba seguro: un desconocido no provoca tanta desesperación.

—Lo conoces, ¿verdad?

El guía asintió sin conseguir decir palabra. Estaba blanco como la nieve que lo rodeaba.

—¿Quién es?

—Se llama Hans Neumann. Vive… Vivía en una cabaña no lejos de aquí.

—Vamos a echar un vistazo. Quien haya hecho esto no puede haberse alejado mucho.

Berger se puso en pie con esfuerzo y comenzó a negar con la cabeza.

—¿Echar un vistazo? ¿Y si ha sido el asesino quien ha disparado la bengala?

El policía sacó su pistola y le quitó el seguro.

—En ese caso, estará esperándonos, así que mejor que estemos preparados.

Nueva York (EE. UU.), actualidad

—¿*Q*ué quiere decir que no has vendido? —chilló Tim Parker al teléfono sin despegar la mirada de los dos grandes monitores por los que corrían las cotizaciones de los mercados de medio mundo.

Luego pinchó con el ratón y abrió una ventana para comprobar lo que decía la página web de Bloomberg: las acciones a las que habían apostado estaban cayendo en picado, tenían que librarse de ellas enseguida. En realidad, ¡ya tendrían que haberlo hecho!

Por la ventana de su despacho se veían el lento fluir del Hudson y la Estatua de la Libertad, ante la que un barquito se preparaba para atracar con su pasaje de turistas.

Tim, sin embargo, no tenía tiempo para disfrutar del panorama: el Dow Jones estaba a punto de cerrar y tenía un gran problema por resolver.

—¿Por qué coño no has vendido? —gritó levantándose y dirigiéndose con pasos rápidos hacia el pasillo—. ¿Cómo voy a fiarme ahora?

Abrió la puerta del baño con fuerza y con una mirada echó al tipo que se estaba lavando las manos. Mejor no discutir con Parker cuando tenía aquella expresión venenosa.

Tim escuchaba frunciendo el ceño y negando con la cabeza.

—Un momento, te pongo en espera, me está llamando el cliente...

Suspiró y se aflojó el nudo de la corbata.

—¿Diga? ¡Harrison! ¿Cómo estás? ¿Todo bien? Pues claro, yo estupendo, como nunca... Sí, sí, tranquilo, la transacción está hecha. Te había dicho que podías contar con nosotros, ¿no?

Mientras hablaba hurgó en los bolsillos del elegante pantalón hasta sacar un frasquito. Luego, con el móvil encajado entre el hombro y la oreja, se preparó una generosa raya de cocaína en la encimera de mármol del lavabo.

—Pues claro, ¡tranquilo! —aseguró el inversor—. ¿Me confirmas nuestra cena en la Treinta y ocho? Perfecto... ¿Cómo? Hay poca cobertura, estoy en... Te llamo luego; o mejor no, ya nos vemos esta noche.

Colgó y dejó un momento el teléfono en el lavabo. Enrolló un billete de cincuenta dólares y esnifó con voracidad la raya de coca.

El chute le llegó directo al cerebro y, por un instante, se quedó sin aliento. Luego, con una lentitud extrema, recuperó el móvil para volver a la conversación anterior.

—¡Te acabo de salvar el culo! —declaró—. Me he marcado un farol, pero, como no cierres la venta, estás fuera. ¿Entendido? ¡Joder! Tengo otra llamada. Luego hablamos, adiós.

Salió del baño y volvió a su despacho aún con el móvil pegado a la oreja.

—¿Diga? Ah, cariño. Estaba a punto de avisarte. Esta noche llegaré tarde, antes tengo una cena de trabajo... Mantenlo calentito para el lobo feroz. El lobo de Wall Street. Ja ja ja.

El corredor de bolsa se dejó caer en su butaca de piel y tiró el móvil sobre el escritorio.

Estaba a punto de ponerse a teclear en su iMac cuando una gota de sangre aterrizó sobre el teclado.

Tim se llevó instintivamente la mano a la nariz y retiró dos dedos completamente rojos.

—¡Mierda!

Comenzó a darle vueltas la cabeza y se le empañó la vista. Intentó aguantar y buscó en la página de Bloomberg el dato de cierre: aquellas malditas acciones habían perdido el treinta y siete por ciento. Había ya un artículo en línea en el que se hacía un primer análisis del desastre.

Como para meterse una raya, si no fuese porque, en su caso, acababa de hacerlo. Mientras resbalaba despacio desde el sillón al suelo, Tim tuvo justo el tiempo de captar un *banner* que había aparecido al lado del artículo que estaba leyendo, como hecho a su medida.

¿DEMASIADO ESTRÉS? ¿DEMASIADA TENSIÓN? ¿ADICTO AL TRABAJO O A OTRAS COSAS? TENEMOS LA SOLUCIÓN PARA TI. CLÍNICAS SUNRISE: TE SALVAREMOS DE TU ADICCIÓN.

Aquella palabra, «adicción», fue lo último que leyó antes de perder el sentido.

Stuttgart (Alemania), actualidad

$\mathcal{H}$annah acarició con dulzura la cabeza de Lena, enredándole los dedos en el pelo. Estaban tumbadas en la cama, una junto a la otra, desnudas. Lena tenía los ojos cerrados, aunque la tele de la pared de delante estaba encendida con el volumen al mínimo.

Hannah comenzó a besarla en el cuello y, con la mano, intentó bajar de sus pequeños pechos, pero Lena la paró a la altura del ombligo.

—Lo siento. Estoy cansada…

Hannah retiró los dedos como si le hubiese dado una descarga eléctrica, luego se levantó y se metió en el baño sin cerrar la puerta.

—Joder, no me lo puedo creer —estalló después de un segundo—. ¡Has comprado otra balanza! No puedes seguir así, lo sabes, ¿no?

Volvió al dormitorio dispuesta a discutir, pero ya no había rastro de su compañera.

Se acercó a la ventana y esperó. Unos instantes después, el portón del edificio se abrió y salió Lena vestida con un chándal.

—La típica carrerita de antes de dormir —susurró Hannah, negando con la cabeza—. Para el sexo está demasiado cansada, pero…

Las palabras se le ahogaron en la garganta porque un anuncio que emitían en la televisión acababa de llamarle la atención.

«Si ya lo ha probado todo sin éxito, solo le queda una cosa por hacer: contacte con nosotros y curaremos su adicción gratis y de manera definitiva. Confíe en las clínicas Sunrise.»

Los rasgos de Hannah se relajaron en una sonrisa mientras cogía el móvil y marcaba el número sobreimpreso en pantalla.

«A lo mejor todavía hay esperanza para Lena —pensó—. Siempre que Gerhard me eche una mano para convencerla.»

Londres (Gran Bretaña), actualidad

 iluviaba desde hacía más de cuarenta y ocho horas. Sin
embargo, Rebecca no se había dado apenas cuenta. Llevaba
todo aquel tiempo encerrada en su consulta, preparándose
para la gran aventura. Su único contacto con la realidad
había sido el *Daily Mail* que, en sus páginas interiores, in-
cluía casi todos los días un gran anuncio de Sunrise.

45

Ahora, por fin, se había obligado a salir de aquel retiro
forzado y caminaba bajo la lluvia hacia el Apple Market, el
mercado cubierto de Covent Garden.

Habían pasado ya cuatro semanas desde que Ivánov le
había hecho su propuesta. Treinta días habían volado literalmente mientras ella estaba encerrada en el despacho
de Kensington intentando encontrar profesionales válidos
que pudiesen hacerse cargo de sus pacientes. No podía y,
sobre todo, no quería abandonarlos a su suerte. Cuando
una persona se vincula a un terapeuta es como si lo eligiese
de por vida. Para ella era una especie de pensión asegurada,
a la que iba a renunciar por la Sunrise.

Se sentía emocionada como pocas veces en la vida. Aunque había aún una cosa que la entristecía y que no podía
seguir retrasando: Dennis Moore.

Había quedado con él en un Starbucks del centro: te-
rritorio neutral, equidistante de la casa de ambos. Se daba

cuenta ella sola de que aquellos malabares mentales resultaban a menudo empalagosos para sus interlocutores, pero no había nada que hacer, ella era así...

Faltaban solo treinta y seis horas para emprender el viaje y le quedaba aquella última tarea pendiente, la más delicada, que había retrasado lo máximo posible.

Dennis era el enfermero multitarea que la ayudaba en la gestión cotidiana de la consulta. Era él quien daba las citas, suministraba los tratamientos cuando era preciso y la ayudaba con los pacientes más difíciles, que sufrían a veces ataques de ira o cosas peores. Trabajaba a media jornada y aquella situación les iba muy bien a los dos.

Ahora, sin embargo, todo iba a cambiar.

Aunque Rebecca ya le había hablado de pasada de la Sunrise como una «posibilidad muy remota», no había vuelto a mencionar el tema. Mientras rumiaba la mejor forma de enfrentarse al asunto ante un *frappuccino* burbujeante, Dennis entró en el local y se dirigió a su mesa con una gran sonrisa. Se besaron en la mejilla, se sentaron y la psiquiatra, sin apenas tomar aliento, se lo contó todo, apretando el vaso entre las manos como si fuese un amuleto.

Cuando la doctora terminó, él sacudió la cabeza desconcertado.

—Creía que habías aparcado la idea...

—La he rechazado durante mucho tiempo —mintió porque se avergonzaba de haberlo engañado hasta ese momento—. En más de una ocasión me he dicho que sería un riesgo. Pero...

—¿Qué?

—No voy a volver a tener una oportunidad como esta. No te puedes hacer siquiera una idea del dinero que me han ofrecido para...

—Entiendo —la cortó él—. Vas a aceptar.

—Sí.

—¿Estás de verdad decidida a abandonar a tus pacientes? ¿Después de todos los sacrificios que has hecho?

La voz de Dennis era ahora cortante.

Rebecca lo miró a los ojos.

—Se trata de un nuevo comienzo. Ya he empezado muchas veces de nuevo en la vida y los cambios no me dan miedo. ¿Y a ti?

Dennis frunció el ceño.

—¿Qué quieres decir?

—El señor Ivánov, a quien por otra parte ya conoces, puesto que ha sido paciente nuestro, me ha permitido que contrate un ayudante, una especie de delegado, digamos. Y he pensado en ti. Si te apetece. La paga sería mucho mejor que ahora.

El enfermero se quedó un momento desubicado por la propuesta. Desde luego, la alternativa sería quedarse sin trabajo de un día para otro, aunque seguro que encontraba algún remedio gracias a sus habilidades. No con Rebecca, eso no. Echaría de menos su sonrisa, su vitalidad, su belleza…

—¿Qué dices? —lo apremió la psiquiatra.

—¿Tengo que responderte ahora mismo?

—Tendría que habértelo preguntado antes, lo sé. Pero he estado dudando si aceptar hasta el final —se disculpó mordiéndose el labio—. Prácticamente hasta esta mañana, cuando he derivado al doctor Patterson el último paciente que tenía aún a mi cargo. En ese instante, he sentido que algo me estallaba dentro. Nada me retenía ya aquí, ningún vínculo, salvo…

—Yo.

—Exacto, Dennis. Entonces, ¿vienes?

Dejó de mirarla. Sus ojos verdes se habían apagado de pronto y su cuerpo escultórico, un metro ochenta de puro músculo y lleno de vitalidad, parecía haberse desinflado dentro del chaquetón de piel que no se había quitado al entrar en el local.

Rebecca le dejó tiempo para reflexionar, para considerar los pros y los contras. No podía imponerle a él su sueño.

Después de un largo minuto, que a ella le pareció eterno, volvió a mirarla. Ahora le brillaban los ojos y se le había dibujado una amplia sonrisa en los labios.

—¿Qué temperatura hace ahora en el sur de Italia?

—Bueno, al menos diez grados más que en Londres —se apresuró a responder la doctora.

—Está bien, me has convencido. No aguanto más esta lluvia.

Los dos saltaron de su silla y se abrazaron por instinto. Dennis la apretó fuerte contra él y le olió el pelo. No la abandonaría nunca.

Jamás.

3

Bari (Italia), actualidad

—*N*unca falta el sol en Pulla.

Rebecca se lo había repetido a Dennis infinidad de veces y ahora los dos podían comprobar que era cierto. Acababa de comenzar el mes de junio, pero parecía que estaban ya en pleno verano. Al aterrizar en el aeropuerto de Bari los había acogido una fresca brisa de mar y un tiempo seco y cálido.

—¿Qué te había dicho? ¡La temperatura ideal! Mira, ese debe de ser nuestro chófer.

Un tipo alto, vestido con un sobrio traje oscuro a pesar de que estaban a casi treinta grados, sujetaba entre las manos un cartel que decía: SUNRISE.

La doctora se le acercó arrastrando una maleta de cabina; ese era todo su equipaje. El equipo y los medicamentos eran cosa de Ivánov; ella prefería viajar ligera para enfrentarse a aquella nueva aventura sin cargas innecesarias.

—¿La señora Stark? —le preguntó el hombre de negro en un inglés penoso.

Y aquellas fueron sus únicas palabras hasta que llegaron a destino, una hora más tarde.

Rebecca y Dennis estuvieron todo el trayecto con los ojos fijos en la ventanilla, observando boquiabiertos el fabuloso paisaje que los rodeaba: olivos, suaves colinas, muretes de piedra seca y, como un único marco al fondo, el mar azul.

—¡Mira! Eso es Ostuni —señaló ella en cierto momento—. La llaman la ciudad blanca por el color de las casas. ¿No te parece fabulosa?

La ciudadela asomaba desde la cima de una colina mientras su vehículo seguía la comarcal hacia el interior. Tras unos kilómetros, el todoterreno tomó una ruta flanqueada a ambos lados por muretes de piedra.

Muy pronto dejaron atrás todo lugar habitado y, entre olivares y baldíos, llegaron a su destino, que apareció ante ellos de improviso, tras circular un par de kilómetros por un sendero de tierra lleno de baches.

Rebecca sonrió; la casa de campo era aún más bonita en vivo. Se accedía a ella desde la cima de una colina, descendiendo hasta encontrarla de frente. Totalmente rodeada del verde de huertos y viñedos, disponía también de una pequeña torre desde la que, estaba segura, se divisaba el mar. Un lugar de ensueño, inmerso en la naturaleza y lejos de las distracciones de la tecnología. O casi, su móvil aún tenía una rayita de cobertura.

—¿Te gusta? —le preguntó a Dennis.

—Hemos hecho bien en dejar Londres. ¡Aquí vamos a renacer! —dijo el enfermero entusiasmado.

La psiquiatra apretó fuerte la mano que el hombre le acercó.

El coche se detuvo e Ivánov salió a recibirlos en el gran patio. Llevaba un traje de lino blanco y, en la cabeza, un panamá que lo hacía parecer un viejo terrateniente colonial.

Saludó a la doctora con un caballeroso besamanos.

—¿Y bien? —preguntó sencillamente ante la expresión extasiada de ella.

—Muy hermosa. Estupenda de verdad.

—Y yo no puedo más que darle la razón. La restauración ha devuelto a la villa su esplendor original... ¿Y a usted le gusta? Dennis, ¿verdad?

El otro asintió y le tendió la mano al ruso.

—Sí, Dennis Moore. Es un honor formar parte de esta plantilla y no veo el momento de empezar.

Ivánov hizo un ademán en el aire como para decir que ni lo mencionase.

—¿Es su primera vez en Italia? —preguntó.

—Para mí, sí. Y, si es tan bonita como lo que he visto hasta ahora, no creo que vuelva a irme nunca.

Los tres se echaron a reír.

—Todo esto le habrá costado una fortuna —dijo entonces la psiquiatra, observando admirada los enlucidos y la torre de la villa—. ¿Sigue estando seguro de no querer cobrarles nada a los pacientes?

El magnate rio socarrón antes de responder.

—Pues claro que estoy seguro. Usted, doctora, céntrese en curarlos y déjeme a mí las cuestiones económicas.

—Parece un hotel de cinco estrellas —dijo admirado Dennis.

—Bueno, iba a serlo... Pero, por el momento, no quiero dar la idea de un ambiente exclusivo, reservado únicamente a los más adinerados. Mi objetivo es ofrecer a cualquiera la posibilidad de librarse de su esclavitud. Y, una vez curados, transformaremos a nuestros pacientes en testimonios de la clínica. Las ganancias llegarán después... ¡Créanme!

Mientras hablaban, el hombre de negro había descargado las maletas. Un tipo imponente, de casi dos metros de altura, con la frente amplia, ojos negros y pequeños, y el pelo rizado despeinado.

Ivánov le hizo una seña para que se acercase.

—A lo mejor ya se han conocido...

—Lo cierto es que no —reconoció Stark, puesto que el chófer no había sido, a decir verdad, muy expansivo con ellos.

—¡Ah! En ese caso, les presento al tercer miembro de nuestra pequeña plantilla: Klaus Krawczyk.

El gigante les dio la mano antes de retirarse al interior de la villa.

—No se preocupen —lo justificó el magnate—. Tiene un carácter arisco, pero es muy fiable. Es de Varsovia y está a mi servicio desde hace mucho: no me ha decepcionado nunca. Verán lo útil que puede llegar a resultarles. Por lo que pueda pasar, se maneja bien en la cocina, aunque es perfecto, sobre todo, para los trabajos pesados, que en un lugar como este no faltarán, desde luego. Es muy discreto y sabe mantener la boca cerrada, lo cual, en su oficio, es esencial, ¿no está de acuerdo, doctora?

La psiquiatra asintió poco convencida.

—Les enseñaré sus habitaciones. Después del viaje, querrán descansar un poco.

—En realidad, me muero por visitar la villa por dentro.

—En ese caso, se la enseño. Le he instalado una consulta fantástica. Podemos empezar por ahí: estoy seguro de que le gustará.

Después de la visita a la mansión, Rebecca se dejó caer en la cama. Estaba agotada, pero también en el séptimo cielo. La clínica era más bonita de lo que esperaba: allí los pacientes encontrarían un lugar mágico en el que alejarse, en el sentido literal de la palabra, del mundanal ruido, para concentrarse en su recuperación.

Ivánov les había mostrado entusiasmado el interior: habitaciones amplias y cómodas para todos los pacientes, con amplias camas y grandes ventanas luminosas. Su consulta, además, era magnífica; estaba situada en el interior de la torrecilla y se abría a dos lados: de uno, daba al patio interior; por el otro, asomándose un poco, se veía el mar centelleando en la lejanía, más allá de los campos. También las zonas comunes estaban muy cuidadas, amuebladas con mucho gusto en estilo rústico. El salón era amplio y tenía una inmensa chimenea, además de un par de sofás de piel y cuatro sillones. La cocina comedor disponía de una mesa de madera tan larga que habría bastado para al menos quince personas. Y todo eso no era nada, el verdadero lujo estaba alrededor de la casa. La hacienda, de hecho, estaba rodeada por un centenar de hectáreas de terreno plantado de olivos y suaves colinas que la protegían del siroco. Sin contar con el huerto de cítricos del siglo XVII, con limones, naranjas y pomelos, y el huerto donde se cultivaban hortalizas biológicas y se podían recoger más de una treintena de hierbas silvestres al pie de los árboles milenarios. Había pensado en que lo hiciesen los pacientes: sería una de las actividades útiles para su recuperación. Probablemente les costaría un poco acostumbrarse a aquel estilo de vida, pero Rebecca sabía que era fundamental para el éxito de su método. Al menos en igual medida que el hecho de que la plantilla de la Sunrise se redujese al mínimo, como había solicitado expresamente. Cuantas menos personas estén en contacto con los adictos, mejor, porque así se reducen al mínimo el estrés y las interferencias humanas que suelen llevar a la tentación.

53

Todo era perfecto. Su consulta, por ejemplo, sobria y elegante. Y también las modificaciones que había encargado en el sótano: exactamente lo que había proyectado.

—Me sorprendió, ¿sabe? —le había dicho Ivánov al mostrárselo.

Ella había dudado antes de responder:

—Verá, de cara a ciertas situaciones, es preciso ser prudentes; en el caso de que alguno de los pacientes se vuelva violento o peligroso para sí mismo...

Llamaron a la puerta. Era Dennis, que entró y la abrazó con arrebato.

—¡Guau! Tu habitación es la más chula de todas.

—Soy la jefa, ¿no? Tendré derecho a algún pequeño privilegio —bromeó Rebecca.

—El jefazo nos espera —anunció el enfermero—. Me ha pedido que vayamos a verlo juntos...

—Pues no lo hagamos esperar.

Al salir encontraron montada en medio del gran patio una mesa y a una serie de camareros esperándolos.

Iványov se acercó a ellos sonriendo. Se había cambiado y ahora llevaba un traje celeste, también de lino, aunque había renunciado al sombrero.

—Antes de que todo comience, me gustaría regalarles una degustación de los placeres que esta tierra ofrece: una auténtica cena pullesa, preparada con los productos biológicos de la zona. He hecho traer a un profesional de Polignano y a su equipo para que cocinen. Las recetas son tradicionales pero actualizadas según el gusto creativo del chef.

Este último, al oír que lo mencionaban, dio un paso adelante. Se trataba de un hombre alto y corpulento, de unos cincuenta años, con el rostro lozano y la tripa prominente, justo la imagen que se le venía a la mente a Rebecca cuando pensaba en un cocinero que pasa todo su tiempo entre fogones.

—Los platos están preparados usando trigo duro, como el de nuestro pan pullés, y con productos de nuestra hermosa tierra —explicó—. A lo largo de los senderos de la finca, entre los olivos centenarios y los muretes de piedra seca, crecen espárragos, ajetes, calabazas, brotes de acebillo, alcachofas, vainas y achicoria... En resumen, no los defraudaré.

Se acomodaron y un camarero de librea descorchó una botella.

—Este vino se produce también aquí, en Salento —les informó Ivánov, disfrutando de su papel de anfitrión.

—Es un *negroamaro* —intervino el *maître* llenando los vasos de los comensales—, un tinto de un rojo brillante, con notas de fruta, clavo, pimienta fresca y tierra, por supuesto. La maravillosa tierra de Pulla.

—Brindemos por la Sunrise —los invitó Dennis, y todos levantaron las copas al cielo.

Rebecca, tras saborear el primer sorbo, cerró los ojos como para hacer que aquel momento durase más. A la mañana siguiente comenzaría la mayor aventura de su vida y se sentía preparada.

Offenburg (Alemania), 1994

*L*a cabaña de madera de abeto estaba casi totalmente enterrada por la nieve. Una construcción baja, oculta por la vegetación y por el imponente manto blanco que había caído en las últimas horas. Se llegaba a la puerta por un sendero casi impracticable. En el interior, las luces estaban apagadas y no se oía ningún ruido.

Fischer se acercó con cuidado, empuñando su Walther P99, preparado para cualquier contingencia. El asesino, si se escondía allí, no iba a dejarse pillar desprevenido. Y el policía, tampoco.

Berger, en cambio, se quedó atrás, en medio del bosquecillo, por si algo iba mal.

El comisario suspiró y, con una fuerte patada, abrió la puerta, aunque no cruzó el umbral, sino que se refugió al lado de una de las jambas. Si había alguien armado dentro, podía convertirse rápidamente en un blanco fácil. Pero nadie disparó. Al contrario, de un rincón de la habitación llegaron gritos de terror.

Jürgen esperó todo un minuto; luego, con extremo cuidado, entró iluminando la sala con la linternita que le había prestado Berger. De inmediato, su olfato se vio agredido por un intenso olor a alcohol y sudor. Estudió la sala sin dejar de apuntar con la pistola frente a él.

La decoración era espartana, más bien inexistente. En el centro, sobre la mesa de madera, había una vela completamente consumida y, junto a ella, un pequeño abeto sin ornamentos. Puede que lo hubiesen llevado a la casa para adornarlo, pero luego no hubiesen tenido tiempo.

El policía dio un paso y se detuvo: había oído las voces procedentes del fondo de aquel único ambiente, que servía también de cocina y dormitorio, como daban fe un catre y un sofá cama con las ropas revueltas.

Fischer avanzó más y, por fin, los vio: acuclillados contra la estufa apagada, envueltos en una vieja colcha para calentarse, había dos chiquillos, niño y niña, de no más de diez años. Habían sido ellos quienes habían gritado cuando había abierto la puerta y ahora intentaban darse valor uno al otro tarareando *O Tannenbaum*...

Se acercó a los pequeños y vio la pistola de bengalas tirada en el suelo a sus pies.

La señaló con un dedo.

—¿Habéis disparado la bengala vosotros?

El niño asintió.

—¿Para pedir ayuda?

De nuevo un gesto de asentimiento.

—Muy bien, lo habéis hecho muy muy bien. Ahora hemos llegado nosotros. Yo soy policía, ¿sabéis? No tenéis que tener miedo...

Jürgen los observaba preguntándose si habían visto lo que le habían hecho a su padre.

Entonces, Berger apareció en el umbral, y él se le acercó hablando en voz baja para que los niños no lo oyesen.

—¿Qué hacía este Neumann aquí? —preguntó.

—Bueno, era un tipo reservado; después de la muerte de su mujer, se retiró a estos bosques con los hijos.

—¿Aquí? ¿En medio de la nada?

El otro se encogió de hombros.

—A él le gustaba.

—¿Y a ellos?

Abrió los brazos, pero, antes de que pudiese añadir nada, la niña habló.

—¿Tú tienes miedo de los fantasmas? —preguntó.

—No —respondió él torpemente.

No es que tuviese mucha idea de cómo comportarse con los niños y lo demostraba el hecho de que aún empuñaba la pistola, aunque la había bajado.

—¿Y de los monstruos que se esconden de noche debajo de la cama?

—Tampoco.

La niña asintió grave y abrazó al hermanito.

—Y vosotros, ¿de qué tenéis miedo?

—De ese hombre... —susurró ella.

—¿De qué hombre?

La niña comenzó a sollozar.

—¿Del hombre de ahí fuera... —Fischer buscó con cuidado las palabras— que le ha hecho daño a vuestro papá?

—Sí.

—¿Lo habíais visto antes? ¿Sabéis cómo se llama?

«Decididamente demasiadas preguntas», pensó el policía arrepintiéndose de inmediato.

Las lágrimas empezaron a correr por las mejillas de la niña, que, aunque estaba aterrorizada, consiguió susurrar muy rápidamente:

—Era el hombre negro.

—¿Has dicho el hombre negro?

—Sí, el hombre negro que se esconde en el bosque.

Fischer guardó la pistola en su funda y suspiró profundamente. Así que el asesino al que buscaba tenía un sobrenombre: *der schwarze Mann vom Schwarzwald,* el hombre negro de la Selva Negra.

59

4

Clínica Sunrise (Italia), actualidad

*L*os ojos de Rebecca recorrían las vetas de nogal del escritorio, que hacía juego con el gran armario. El mobiliario era rústico, pero cómodo, como su sillón de piel oscura. Una vez más se encontró teniendo que darle la razón a Ivánov: su despacho era espléndido. Desde la ventana se disfrutaba de una asombrosa vista al parque que rodeaba la villa y de una parte del huertecito de hierbas aromáticas. Si se asomaba, además, podía distinguir también los naranjos y limoneros; era, desde luego, un panorama muy distinto del de su consulta de Kensington, que daba a una calle siempre atestada de tráfico.

Ya solo poner el pie en aquel lugar la hacía sentirse mejor, y esperaba que tuviese el mismo efecto en sus pacientes. Estaba convencida de que el entorno influye de manera sustancial en el humor de las personas.

—¿Te estoy aburriendo?

Solo en aquel momento consiguió la psiquiatra enfocar su atención en la persona que tenía sentada delante. Un guapo chico de unos treinta años, cabello rizado de color castaño, ojos negros, hombros anchos y mandíbula decidida como algunos modelos de publicidad. Llevaba un traje deportivo de Armani y le sonreía.

Se llamaba Claudio Carrara, era un joven abogado milanés y sería su primer paciente.

La doctora le devolvió la sonrisa.

—En absoluto, Claudio. Es más, te ruego que continúes explicándome por qué has decidido venir a la Sunrise.

A Rebecca le gustaba el fuerte acento italiano del hombre cuando hablaba inglés, lo encontraba exótico. Muy distinto del casi quirúrgico y austero de Ivánov. Por otra parte, una de las cláusulas que había exigido que se respetasen en la elección de los candidatos era que todos hablasen bien inglés.

—No puedo ayudarlos si no entiendo lo que dicen.

Aquel idioma, además, permitía a los pacientes relajarse en mayor medida, pues evitaba los inútiles formalismos del usted italiano o francés. Todos estarían en el mismo plano, en un ambiente de confianza.

62 Claudio lo hablaba bastante bien y la inflexión musical prestada del italiano aumentaba su fascinación.

Por otra parte, el chico era consciente de que estaba gustando y no hacía nada para ocultarlo.

—Parece que tengo un problema —insinuó.

La doctora Stark asintió casi imperceptiblemente. Desde el primer instante, el hombre la había mirado directamente a los ojos, haciendo gala de una gran seguridad. Rebecca tenía su propia opinión: si alguien consigue sostenerte la mirada más de cinco segundos, quiere decir que tiene carácter. Y eso, en la situación en que se encontraban, podía ser un obstáculo.

—¿Y cuál crees que es ese problema? —preguntó la psiquiatra con tono neutro.

—¿De verdad no lo sabes?

—Querría que me lo dijeras tú, por favor.

Claudio se encogió de hombros.

—Me gusta el póquer. Y las apuestas. De todo tipo.

—¿Y eso te mete en líos?

—Digamos que, a veces, mi pasión me lleva más allá de los límites. Ya está dicho.

Rebecca anotó algo en su cuaderno. Luego levantó la cabeza y cruzó de nuevo la mirada con la del joven abogado.

—De acuerdo, pero ahora tendrás que convencerme de que te quieres liberar de esa pasión, como tú la llamas.

—¡Pues claro! —balbució Claudio, de pronto a la defensiva—. Bueno, es obvio que quiero, si no, no estaría aquí, ¿no? El dinero no me falta, el bufete va viento en popa... Aunque, la verdad, yo no creo que sea un problema tan grave.

La psiquiatra fingió consultar el historial clínico que tenía delante, aunque lo conocía al dedillo, como los de los pacientes que iban a seguir llegando. No había dejado nada al azar. Solo habría deseado que el hombre sentado frente a ella se abriese por sí mismo, sin tener que arrancarle las palabras de la boca.

Decidió tomarse su tiempo.

—Según tú, ¿por qué estás aquí?

—Me han mandado.

—¿Perdón?

—Una idea de mi padre. Más bien una orden.

—¿Crees que se ha equivocado al hacerlo?

Él dejó de mirarla.

—Mira —continuó la doctora—, tendrías que ser tú el primero en querer librarte del problema... El tratamiento no funciona si no estás convencido. Sería solo tiempo perdido...

—Eh, pero lo estoy. De verdad —replicó el hombre enfadándose—. Aunque es cierto que mi padre lo está aún más... —añadió con una sonrisa forzada—. Aunque, cuando gano, no protesta...

—¿Y siempre ganas?

—No, la verdad —reconoció Claudio volviendo a apartar la mirada—. Pero, como mucho, pierdo la mitad de las veces. A veces pierdo algo de dinero...

La doctora Stark frunció un poco los labios. Por lo que le había dicho el viejo Carrara, Claudio, en los últimos tres meses, por culpa de su vicio, había hecho perder a su familia casi doscientos mil euros. Desde luego, no era «algo de dinero», como él decía. Consideró que había llegado el momento de animar al paciente a ser más sincero.

—Tu padre me ha dado una estimación —lo informó sin especificar cuál.

Claudio perdió el color. De pronto no quedaba ni rastro de arrogancia en su actitud, parecía muy preocupado.

—¿A saber?

—Unos cuantos ceros.

—¿De verdad pone en esos papeles la cantidad que he perdido? —preguntó, alargando el cuello para echar un vistazo.

—¡Desde luego! Antes de aceptar a un paciente contactamos también con los parientes más cercanos. Nos sirve para evaluar plenamente el calado de la adicción. No descuidamos nada.

—Pero eso es de nazis.

—No, en absoluto, a lo sumo demuestra lo meticulosos que somos. Si tenemos que curarte, queremos estar seguros de que no nos mientes y de que tus familiares te apoyan en el proceso de curación. No hace falta que te recuerde lo mucho que le interesa a tu padre Aurelio tu rehabilitación, ¿verdad?

La psiquiatra sabía que aquella era la estocada final, el golpe de gracia al orgullo de aquel retoño de buena familia acostumbrado a tener siempre una vida fácil gracias al dinero de sus padres. Ahora, sin embargo, el viejo había cerrado el grifo y no lo iba a volver a abrir hasta que hubiese constatado un cambio radical en los hábitos de su hijo. La Sunrise era el primer paso para obtener aquel resultado.

Al oír mencionr el nombre de su padre, los recuerdos de Claudio lo atropellaron como un tren. Su mente voló a lo que había sucedido menos de un mes antes.

Venecia, el Gran Canal lleno de lanchas y góndolas cargadas de turistas, el cielo estrellado. El joven abogado había conducido desde Milán a toda velocidad para llegar al casino con su Porsche Panamera recién salido del concesionario. Una hora y media desde Agrate a piazzale Roma, en el corazón de Venecia, sin prestar atención a los límites de velocidad ni a las multas, puesto que estas llegaban al bufete y alguien se ocupaba de pagarlas. No él, desde luego, puesto que tenía algo muy distinto en mente.

Aparcado el coche, había tomado un taxi acuático que, en diez minutos, lo había dejado en su destino. Al comienzo todo parecía ir de bien a mejor: una chica rubia de piernas kilométricas le había sonreído nada más entrar, otra le había hecho ojitos al cruzarse con ella y él había encontrado un puesto preferente en el tapete, donde un solícito camarero le había servido un *spritz bianco*. Su gran velada podía, por fin, comenzar.

Durante la primera hora todo había ido como la seda.

—Esta va a ser mi noche —había dicho, invitando a beber a las dos chicas que se le habían acercado como abejas a la miel, una por cada lado.

Luego la suerte lo había abandonado. Primero alguna mano desafortunada, y después, tras un par de turnos francamente mediocres que a otro le habrían sugerido retirarse, la debacle total.

Claudio recordaba muy bien que había buscado algún apoyo en la mirada imperturbable del crupier. Una confirmación, una duda, una incertidumbre cualquiera. No había notado nada. Así que, como muchas otras veces en su vida, se había fiado de su instinto, si bien en más de una ocasión este había resultado mucho menos que infalible. Con gesto teatral, por mor de los presentes —sobre todo de las dos chicas que se habían alejado prudentemente tras las manos aciagas—, había empujado todas las fichas que le quedaban al centro de la mesa.

—*All in!* —había declarado con una sonrisa burlona.

Con tres ases no podía perder. La banca podía tener, como máximo, una doble pareja...

Los otros jugadores de la mesa habían enmudecido y reculado hasta que solo quedó él contra la banca. Y la banca ganó: *full* de nueves. ¡Como un bofetón!

Claudio había hundido la cabeza con la clara sensación de que todos los presentes lo estaban observando con compasión. Incluso el crupier parecía tener una expresión divertida, como si se estuviese burlando de él. Y eso no podía, desde luego, tolerarlo.

—¿Quieren jugar fuerte? —preguntó sin dirigirse a nadie en particular—. Pues lo haremos. —Sacó del bolsillo las llaves del Panamera y las lanzó al centro del tapete—. En esta mano me juego el Porsche. ¿Juegan? ¿Tienen cojones para cubrir mi apuesta?

Uno de los responsables del casino, que había aparecido de improviso al fondo de la sala, hizo una señal imperceptible al crupier: «Cubrimos».

Pensándolo ahora, el abogado se daba cuenta de que aquel había sido el momento exacto en el que su mundo dorado se había derrumbado.

Cuatro horas más tarde, tras haber caminado sin un céntimo en el bolsillo por Venecia, como un vagabundo, gastando suela en el empedrado de las plazoletas, había vuelto a piazzale Roma, donde lo esperaba su padre, llegado a propósito de Milán con su coche.

Claudio había subido sin decir una palabra.

Condujeron en silencio hasta que el viejo Aurelio Carrara le puso en la mano un ejemplar del *Corriere della Sera*. En una página del periódico destacaba el anuncio de la clínica Sunrise.

—Mañana llamas y pides que te admitan. Y no discutas. ¿Entendido? O te echo del bufete y te desheredo.

La doctora Stark era consciente de que las amenazas no son la mejor motivación para convencer a un jugador de que renuncie a su obsesión, pero aquel era un reto que la intrigaba: la ludopatía era una de las adicciones más extendidas en el mundo moderno, entre otras cosas, a causa de las enormes posibilidades ofrecidas por internet. Resolver el caso de un jugador patológico no solo daría lustre a la Sunrise, atraería también a un tropel de nuevos pacientes.

La voz de la psiquiatra trajo de vuelta al presente al abogado, inmerso en el recuerdo de aquella noche funesta.

La mujer le había puesto delante unas hojas de papel.

—Lee con atención y, si te parece todo bien, firma.

—¿Qué es?

—Un compromiso de confidencialidad al que están obligadas las dos partes. Nos comprometemos a mantener total discreción sobre lo que será tu experiencia con nosotros. Como sabes, para respetar tu privacidad, nadie sabe que estás aquí... Entre los pacientes podría haber un personaje conocido y a nadie le gusta que el mundo sepa que es víctima de un problema, ¿verdad? El método Stark está patentado y registrado por el dueño de la clínica. Por supuesto, una vez que salgas, no podrás revelar nuestro sistema de cura.

—Por supuesto —se hizo eco el hombre—. Pero ¿es legal ese sistema?

Rebecca sonrió.

—Claro que lo es. ¡Menuda pregunta! Pero estamos empezando y no queremos que nos copien, ¿entiendes?

67

Claudio firmó el documento con la pluma que le tendía Rebecca.

—¿Soy el único que está aquí? —preguntó un instante después, volviendo a repantigarse en la silla.

—No te preocupes, los demás están a punto de llegar. De todo el mundo. Y no es un modo de hablar. Esta noche estarán aquí todos. Por si te hace gracia, eres el único italiano.

—Eso no me disgusta en absoluto.

Rebecca metió los documentos en una carpetilla con aire satisfecho.

—¿He vendido mi alma al diablo?

La doctora volvió a sonreír. Aquel tipo comenzaba a gustarle.

—No te alegres tanto. Ahora viene lo peor. Como habrás leído (si no lo has hecho, no dice mucho de ti, visto que eres abogado), tienes que entregarme todos los dispositivos electrónicos: móvil, reloj inteligente, despertadores digitales, ordenador, tableta. Todo lo que tengas.

—¿Estás de broma?

—En absoluto —contestó la doctora Stark levantándose de la silla y abriendo la gran caja fuerte empotrada en la pared a su espalda—. Está en el contrato.

—¿Y por qué tendría que hacerlo?

—Sirve para evitar las distracciones y los contactos con el exterior que podrían haceros recaer, o tal vez volver a despertar vuestras pasiones, como tú las llamas. Pero no te preocupes, tu precioso iPhone quedará aquí guardado y te lo devolveremos al final de la cura, dentro de un mes exacto.

—Será un poco como volver a ser virgen.

La psiquiatra se encogió de hombros.

—Si prefieres expresarlo en esos términos... ¿Y bien?

—Este sitio parece cada vez más una prisión —se quejó Claudio entregando el teléfono y una tableta que llevaba en la bolsa Louis Vuitton.

Al hacerlo, dejó su mano durante unos segundos más de lo necesario sobre la de la doctora, que la retiró. Estaba acostumbrada a aceptar aquella clase de comportamiento de los pacientes; muchos querían establecer un contacto humano, incluso si en el caso de Carrara era evidente que aspiraba a otra cosa.

69

5

Clínica Sunrise (Italia), actualidad

*L*a oscura berlina avanzaba lentamente por la comarcal. El aire entraba cálido por las ventanillas bajadas y despeinaba a la mujer al volante.

—Ya casi deberíamos estar... —dijo mirando a su hija, que iba hecha un ovillo en el asiento del pasajero.

71

La muchacha de dieciséis años llevaba los pies descalzos apoyados en el salpicadero, el pelo largo negro y el cuerpo de una adolescente que se estaba desarrollando: de un año para otro le había despuntado el pecho y los chicos de su edad no la dejaban en paz.

—Parece un lugar bonito, ¿no? —insistió la madre.

La chica no contestó, tenía los oscuros ojos fijos en la pantalla del móvil.

La mujer suspiró. Esperaba de verdad que la Sunrise pudiese ayudarla. Alejarse de su hija durante todo un mes sería difícil, pero sabía que, después de todo lo sucedido, aquel era el único método para solucionar las cosas.

Su marido estaba siempre de viaje por trabajo —en aquel momento se encontraba en Bruselas para una serie de reuniones— y ella, bueno, con toda sinceridad, no había sido la madre del año, pero tampoco la peor. Además, no podía vigilarla las veinticuatro horas del día, ¿no?

Tenía su vida social, sus compromisos, su actividad en la galería de arte...

—Rosa, ¿me estás escuchando?

El coche dobló hacia una pista de tierra y comenzó a avanzar despacio levantando una nube de polvo.

La mujer se encogió de hombros.

—Pues claro, disfruta de ese chisme mientras puedas. No creas que te dejarán usarlo, ¿sabes?

Por fin obtuvo una reacción de su hija, que le hizo una foto con el teléfono. Luego, rapidísima, la colgó en las redes con un comentario elocuente: Me encierra en una clínica para irse a vivir la vida y ponerle los cuernos a papá #coñazototal #serialmom.

El paisaje, entretanto, había cambiado. A su alrededor había olivos hasta donde alcanzaba la vista y nada más.

—Mira dónde estamos: ¿no es precioso? Plantas, cultivos... Nada de coches ni tráfico...

—Ni conexión a internet —bufó la chica, comprobando la cobertura.

—Ah, ahí está la casa. ¡Maravillosa!

Rosa por fin despegó los ojos de la pantalla para mirar fuera. Aquel lugar iba a ser su casa, o mejor dicho su prisión, durante todo un mes; ¿lo resistiría?

Dennis, con su inmaculado uniforme de enfermero, y Klaus, con un mono de trabajo verde que tenía impreso en la espalda «SUNRISE», observaban cómo se acercaba el coche con las dos mujeres.

Habían cruzado el gran portón de la cima de la colina, mucho más alto con respecto a la mansión, y ahora estaban descendiendo lentamente hacia ellos. Para llegar al edificio había que recorrer un sendero de tierra y grava. La villa se encontraba oculta a la vista por la hondonada natural del terreno donde estaba construida. Alrededor de la propiedad corría un gran muro que la hacía parecer un fuerte, con el fin de tener alejadas las miradas de los curiosos y garantizar la tranquilidad y la privacidad de sus ocupantes.

Hacía calor y el cielo era de un azul intenso. El coche recorría el último tramo cuesta abajo y se detuvo junto al todoterreno negro de Ivánov que Klaus había usado para ir a recoger a los huéspedes a su llegada al aeropuerto de Bari.

—¿Quiénes son estas dos? —gruñó el manitas.

—Debe de ser la chica de Lugano —respondió el enfermero con una sonrisa—. La doctora Stark me había avisado de que la traería su madre antes de irse de vacaciones a Salento.

—¿Deja a la hija y se va a disfrutar del mar?

El otro se encogió de hombros.

—Ocúpate del equipaje, Klaus, yo voy a ver dónde se ha metido el chinito. Desde que ha llegado no he vuelto a verlo...

—Se ha encerrado en el baño.

—¿Droga?

—Negativo. Estaba limpio. Los he registrado a todos, como acordamos.

—¿También a las mujeres?

—¡Claro! Y esa francesa toda curvas y tacones de aguja me ha parecido muy feliz de que lo hiciese...

Dennis se alejó moviendo la cabeza de un lado a otro. No entendía cómo aquella bestia de instintos básicos podía ser útil para la Sunrise, pero, no teniendo ni voz ni voto, tenía que someterse a las decisiones del magnate ruso y de Rebecca.

Caminando deprisa llegó a la entrada donde, a la derecha, antes de acceder al gran salón, había un pequeño aseo de servicio. El enfermero se acercó y llamó a la puerta.

—Jian, ¿estás ahí?

Se había aprendido de memoria los nombres de todos los pacientes y sus historiales clínicos. Imaginaba lo que estaba tramando Jian Chow, el chico de diecinueve años de Hong Kong, atrincherado en el minúsculo aseo, pero hizo como si nada.

El joven no respondió.

Así que volvió a llamar.

—¿Va todo bien? Llevas ahí encerrado un buen rato...

—Sí... Eh... Voy. Habrá sido la comida del avión... —tenía la voz jadeante, como si hubiese echado una carrera o...

Dennis negó con la cabeza.

—La primera regla que tendrás que tener en cuenta al tratar con los pacientes —le había explicado la doctora Stark— es que mentirán. Todo el tiempo. Hace años que lo hacen para esconder al mundo su adicción. Y nos mentirán también a nosotros. Sobre todo a nosotros.

—Venga, sal de ahí —exhortó al muchacho—. Tenemos que reunirnos en el salón enseguida.

Al otro lado de la puerta oyó un gemido sofocado, por lo que decidió volver a salir.

La berlina negra ya se había ido y Rosa, con una camiseta elástica y unos vaqueros rotos, discutía animadamente con Klaus porque no quería entregarle el móvil. El manitas había montado una especie de mostrador de recepción en una mesita del jardín; encima, había una caja de metal con algunos teléfonos, una tableta, dos relojes inteligentes y un portátil superfino.

El enfermero se acercó y, con calma, intentó razonar con la recién llegada.

—Buenas tardes, soy Dennis Moore y voy a estar con vosotros durante la rehabilitación. —Ella le lanzó una mirada desganada—. Tenéis que entregarnos todos los dispositivos electrónicos —siguió Dennis—. Los guardaremos en esta caja, que luego irá a la caja fuerte de la consulta de la doctora Stark, hasta el final de la terapia. Te invadirá de inmediato una sensación de paz y liberación.

—¡Seguro! Una estancia en Guantánamo sería más agradable.

En aquel momento, se unió a ellos también Jian. Tenía la cara descompuesta y estaba sudado. Los ojos almendrados observaban la caja de metal como si representase el mal absoluto.

—Yo no puedo pasar sin el iPhone —declaró con voz aún jadeante.

—¡Ni yo! —estuvo de acuerdo Rosa—. ¡Estáis locos!

Klaus los miró con una expresión muy elocuente en el rostro, algo así como: «O sea, que somos nosotros los locos. Y vosotros, entonces, ¿qué venís a hacer aquí?». Y lo habría expresado en voz alta si Dennis no lo hubiese contenido con la mirada.

Los muchachos protestaron otro poco, pero al final tuvieron que ceder y confiarles sus móviles.

—Bien, ahora, al salón. Os están esperando.

Lena salió del huerto de hierbas y se refugió a la sombra de uno de los grandes olivos que crecían en el patio. Había explorado el exterior de la Sunrise palmo a palmo, caminando hasta la verja principal y subiendo así la ladera de la colina hasta llegar al punto más alto de la propiedad, desde el que se disfrutaba de una espléndida vista sobre los campos cultivados de alrededor, con los olivos y el mar como marco. Luego había bajado despacio por el camino hacia la villa y había atravesado primero el campo de cítricos y luego el huerto, hasta encontrar refugio bajo aquel árbol centenario.

Fue entonces cuando le llamaron la atención los dos hombres. Uno era un tipo delgado, con los ojos verdes, el pelo muy corto y una bata blanca; el otro se llamaba Klaus y la había recogido en el aeropuerto al llegar. Se trataba de una especie de Neanderthal de dos metros de altura, con el pelo largo casi hasta los hombros y una nariz imponente como todo en su corpulento cuerpo. Discutían animadamente con un par de muchachos que le resultaron de inmediato antipáticos.

Ella no habría perdido el tiempo: les habría quitado los móviles de la mano y, si hubiesen protestado, les habría dado, además, dos guantazos.

Lena nunca había sido blanda y conciliadora. No con la historia que llevaba a su espalda y la de su hermano Gerhard. Si había consentido en ir a la Sunrise había sido solo por él; desde luego, no por la insistencia de Hannah, a la que manejaba como quería. Lo hacía por su hermano, que unas semanas antes, cuando se había desmayado en el gimnasio, se había apresurado a llevarla de vuelta a casa. Había pedido un permiso en el trabajo, como ya había hecho en el pasado, para ir por ella. Se querían mucho y Hannah no perdía la ocasión de repetirle que su relación era morbosa, pero Lena no le hacía ni caso.

«¿Y qué si es así? —se decía—. Es la única familia que me queda…»

Gerhard era un auténtico tesoro: también aquella mañana se había levantado al amanecer para acompañarla al aeropuerto de Stuttgart. Desde allí había ido luego directamente a la fábrica: obrero especializado en Daimler-Benz. Tímido y taciturno, adoraba estar solo y las mujeres parecían casi no interesarle. Cierto que había tenido algunas relaciones, pero ninguna le había durado más de unos meses.

—Me alegro de que al final hayas decidido escuchar a

Hannah y permitir que te ayuden —le había dicho al parar el coche a la entrada de las salidas internacionales.

—¿Ahora también estás de su parte?

—Estoy de parte de la razón y, ahora mismo, tú no estás siendo razonable. Tienes un problema, Lena, lo sabes.

—¿Y tú?

El hermano miró al suelo.

—Perdona —se apresuró a decir la mujer—. No tendría que...

—No pasa nada.

Se abrazaron.

—Vuelve curada, ¿de acuerdo?

Ella lo había apretado fuerte y luego, conteniendo la emoción —Gerhard era el único que lograba hacerla llorar—, había subido al avión. Y allí estaba ahora, bajo el cálido sol de Pulla, en una clínica que parecía una antigua finca agrícola rodeada de un paisaje maravilloso y donde no se permitía el uso del móvil. Puede que no fuera a ser tan terrible aquel mes lejos de casa.

—¿Quién es esa que nos observa como una loba? —preguntó Dennis.

Señalaba a una mujer de unos treinta y cinco años, cabello rubio afeitado a un lado y largo por el otro. Llevaba una camiseta de tirantes negra que resaltaba sus brazos musculosos llenos de tatuajes.

—Una tipa curiosa —gruñó Klaus—. Se ha dado una buena caminata escalando la colina hasta el portón. Parece que no ve la hora de irse...

—¿Ha entregado el teléfono?

—Sí, y sin protestar —confirmó el manitas cerrando la caja de metal—. Es alemana. En mi opinión, lesbiana.

—Hablas poco, pero te gusta largar, ¿eh, Klaus?

—A tomar por culo, inglesito.

Dennis no se lo tomó a mal y se echó a reír.

—De acuerdo, si esa es Lena, la tipa de Stuttgart, ya deben de estar todos. Vamos adentro: es hora del aperitivo de bienvenida que ha preparado Ivánov para los pacientes.

6

Clínica Sunrise (Italia), actualidad

Rebecca cerró los ojos y dio un profundo suspiro. Durante todo el día, Klaus había ido y venido del aeropuerto para recogerlos a todos. A ninguno le habían permitido venir por sus propios medios; como mucho, podían traerlos. Como a Rosa Bernasconi, la única menor del grupo, ciudadana suiza de Lugano, cuya madre la había llevado a la clínica.

El hecho de que los pacientes no pudiesen llegar a la villa con su coche era una medida de precaución de la psiquiatra. La doctora, de hecho, era consciente de que el mero pensamiento de tener a su disposición un medio de transporte —y, por lo tanto, de huida— representaría una tentación demasiado fuerte.

El método Stark procuraba evitar toda suerte de instigación o incitación a recaer en el vicio. Se trataba, sobre todo, de alejarse de él, evitando hasta su recuerdo.

—Se desea lo que se tiene a mano. Ojos que no ven, corazón que no siente —repetía Rebecca cuando ilustraba el concepto a sus colaboradores—. No llevarías nunca a un alcohólico a una enoteca, ¿no? El principio es el mismo: no los hagamos pensar en sus obsesiones y tengámoslos ocupados, lejos de distracciones electrónicas y similares.

El único coche que seguía en los alrededores era el de Ivánov, que habían usado para ir a buscar a los huéspedes: en cuanto comenzase oficialmente la cura, el vehículo y su propietario desaparecerían.

Todos los pacientes estaban reunidos en el gran salón, el de la chimenea y los cómodos sillones de piel de estilo rústico.

Cuando volvió a abrir los ojos, Rebecca se sentía lista para enfrentarse a aquellas personas que, durante todo un mes, representarían para ella una especie de familia extendida.

Salió de su consulta y, con paso firme, se reunió con el grupo mientras el ruso ya hacía los honores de anfitrión.

—Y aquí esta nuestra doctora Stark, la que hará de vosotros personas nuevas.

Alguien hizo amago de un tímido aplauso que murió nada más nacer.

A la psiquiatra no le importaba. Al tenerlos ante ella, a tres hombres y a cuatro mujeres, se había relajado de inmediato: le había bastado un segundo para reconocerlos. Había pasado muchas noches en vela estudiando meticulosamente los dosieres de los pacientes seleccionados entre todos los que se habían presentado. Ahora le parecía conocerlos desde siempre. Los abarcó con una mirada: estaban Lena Weber, la alemana de Stuttgart, aún más masculina de lo que parecía en la foto de su historial; Jian Chow, el diseñador de webs de Hong Kong; luego, la joven pero para nada ingenua Rosa Bernasconi; Claudio Carrara, el abogado con quien ya había tenido ocasión de hablar y que ahora le sonreía cómplice; Julie Arnaud, la directiva parisina vestida como una prostituta de lujo; Tim Parker, el corredor de bolsa neoyorquino luciendo un traje impecable de Brooks Brothers; y, por fin, Jessica de Groot, la neerlandesa delgada como un junco, más asustada que nunca y con el brazo derecho envuelto en una llamativa venda.

—Bienvenidos a todos —los acogió Rebecca con una sonrisa afable.

Ninguno se había sentado. Estaban todos de pie, colocados en semicírculo alrededor de ella y del ruso, mientras que Dennis y Klaus habían preferido quedarse más alejados, junto a las escaleras.

—A decir verdad, esperaba un poco más de entusiasmo —intervino Ivánov—, pero supongo que está bien así. Esto no es una experiencia recreativa. Estáis aquí para curaros y, oídme bien, no hay un lugar mejor para hacerlo. Lo que ha preparado nuestra querida doctora es un tratamiento revolucionario, eficaz de verdad. Sois muy afortunados porque, de hecho, seréis el primer grupo oficial de la clínica Sunrise. Y habéis sido elegidos entre cientos de candidatos por vuestras adicciones, que están entre las más frecuentes en nuestra sociedad. Adicciones que, gracias a Rebecca y a su reducido pero muy eficiente equipo, venceréis, lo que os permitirá retomar, una vez que salgáis de aquí, vuestra vida con total serenidad.

Ninguno de los siete pacientes se mostró especialmente impresionado por las palabras del ruso, que continuó sin perder el ánimo:

—Confiar vuestros teléfonos y dispositivos electrónicos a nuestro personal ha sido vuestro primer paso hacia la libertad. Pero no tenéis nada que temer: os los devolveremos al final del mes u os los enviaremos si decidís abandonarnos antes…

Jian y Rosa intercambiaron una mirada interrogativa, pero Ivánov seguía pletórico de palabras:

—Como os explicaron al ser elegidos, no podréis tener ningún tipo de contacto con el mundo exterior; mientras estéis aquí, estaréis controlados día y noche por videocámaras. Esto, claramente, es una cuestión de seguridad. Pero podéis estar tranquilos, en las habitaciones no las hay: respetamos vuestra intimidad. Las cámaras solo están en las zonas comunes.

Indicó con el índice una serie de ojos electrónicos instalados en el techo en varios puntos de la sala. Lena suspiró, y Claudio meneó la cabeza preocupado.

—Vuestras condiciones físicas serán controladas de continuo por Dennis, el ayudante de la doctora Stark.

La francesa curvilínea y la chica del brazo vendado se volvieron hacia el enfermero, que las saludó con la mano.

—Durante treinta días estaréis lejos de vuestros seres queridos, pero aquí os sentiréis igualmente atendidos y cuidados. De la Sunrise saldréis siendo mejores personas. Más equilibradas, libres y serenas. Supongo que tendréis preguntas, pero no os preocupéis: tendréis tiempo y formas de satisfacer vuestra curiosidad. Por ahora, para empezar con el pie derecho, disfrutaremos de un cóctel de bienvenida.

Ivánov señaló la gran mesa cargada de bebidas y bandejas de canapés.

Claudio fue el primero en acercarse y, con caballerosidad, le tendió un plato a Jessica. La muchacha miró al suelo y sonrió avergonzada.

Tim se apoderó de un vaso y vació la mitad antes de poner la expresión más disgustada de que fue capaz y susurrar a Lena:

—No bebas. No tiene alcohol, típico del Ejército de Salvación…

La alemana se limitó a un gesto de la cabeza.

Claudio, entretanto, había cambiado de objetivo y tendía un mejunje verde a Julie.

—He oído que tendremos que levantarnos al amanecer para ordeñar las vacas.

La mujer se rio coqueta.

—Todo esto será sin alcohol y bio, pero no sabe a nada.

Echo de menos ya un buen Martini como Dios manda. A propósito, me llamo Julie; encantada.

—Claudio. *Enchanté.*

Jian y Rosa se quedaron aparte incómodos. Luego, tras un momento de extrema vergüenza durante el que quedaron todos inmersos en un silencio parecido al de una sala de espera, Ivánov tomó la palabra con su habitual tono autoritario:

—Y ahora que hemos brindado, doctora Stark, es su turno de empezar el baile.

Rebecca dejó su vaso y comenzó a hablar:

—Es un gran placer para mí recibiros aquí hoy. Si esperabais champán a vuestra llegada, estaréis desilusionados. Pero, para tener una mente sana, es preciso también cuidarse físicamente. Y eso es lo que haremos aquí: cuidar de vosotros. El cóctel estaba hecho con fruta de nuestros árboles; espero que os haya gustado. Y los canapés eran de verduras de nuestros campos. Casi todos los productos que comeréis aquí son bio. Vosotros mismos tendréis que echar una mano en el huerto y los frutales. Será parte de las actividades diarias.

—Ya había dicho yo que tendríamos que ordeñar... —susurró Claudio.

—No, aquí no hay animales —replicó Rebecca—. La carne se conserva en congeladores y la despensa está llena de botellas de leche y latas.

—De hecho, somos nosotros los animales que ellos cuidan... —puntualizó Tim amargo.

Jian soltó una risita, pero Ivánov los fulminó a todos con una mirada, y la psiquiatra pudo seguir su discurso:

—Os aviso desde ya: esto no son unas vacaciones. Nuestro método es científico y riguroso, si bien es también muy humano. Tenéis que sentiros a gusto y firmemente decididos a abandonar vuestra adicción. Sois vosotros los primeros que tenéis que querer libraros de vuestro enemigo y

83

tendréis que colaborar para demostrarnos que sois idóneos para el tratamiento. Quien no lo haga, será invitado a marcharse. Aquí estamos todos en el mismo barco: no importa lo que seáis fuera de la Sunrise, durante vuestra estancia aquí estaréis todos al mismo nivel. Nada de formalismos: nos ayudaremos unos a otros a lograr nuestro objetivo. ¿Tenéis preguntas?

De pronto se levantó un bosque de manos; aunque, hasta aquel momento, los recién llegados habían sido formales, ahora que se había roto el hielo, ninguno parecía querer quedarse al margen. En definitiva, se trataba de su vida y querían conocer al detalle lo que podían esperar en los días sucesivos.

—¿También a los demás les habéis hecho firmar ese documento de privacidad? —preguntó Claudio—. Quiero decir si todos vienen sabiendo que...

—¡Claro! —lo interrumpió Rebecca—. Lo que suceda en la Sunrise se quedará entre estas paredes. Nadie fuera del círculo de personas que veis en esta sala podrá saber de vuestro... «problema».

Rosa casi no esperó que la doctora terminase de hablar para intervenir:

—Pero ¿hay conexión a internet y tele en este sitio?

—No, ni tele ni internet. Y tampoco radio. Todos vuestros aparatos electrónicos están guardados en una caja fuerte con un temporizador programado para volver a abrirse al final de la terapia, dentro de un mes exacto, cuando dejéis la clínica. Hasta entonces volveréis a vivir con ritmos más humanos...

—O a morir de aburrimiento —comentó Jian preocupado.

—¿También el chófer que nos ha recogido en el aeropuerto es parte de la plantilla? No parece un enfermero cualificado... —preguntó Lena.

—Sí, Klaus también estará con nosotros. Echará una mano en las diversas actividades, especialmente en los trabajos de más esfuerzo en el campo; entenderéis pronto que de esos no faltan. Es de absoluta confianza y está perfectamente formado; pero, para todas las cuestiones de carácter médico, os dirigiréis exclusivamente a Dennis y a mí.

Aunque había aún manos levantadas, Ivánov ya no tenía más tiempo.

—El resto de las dudas las aclararéis más tarde —interrumpió—. Ahora me despido y os dejo en las sabias manos de la doctora. Nos veremos de nuevo al final de la cura. ¡Buena suerte a todos!

Mientras el ruso salía del salón, Tim fue a asomarse a la ventana.

—¡Eh! Pero ¿ese no es el coche con el que habéis venido a buscarnos al aeropuerto?

—Precisamente —confirmó Dennis—. De ahora en adelante, contaremos solo con nosotros mismos y los productos de la tierra. Pero no os preocupéis, tenemos provisiones suficientes para tres meses. No moriréis de hambre.

—No es eso lo que me asusta.

—Y, entonces, ¿qué temes?

—El hecho —respondió el estadounidense desconsolado— de que ahora estamos de verdad aislados del mundo, sin posibilidad de marcharnos…

Offenburg (Alemania), 1994

*E*l equipo de rescate tardó casi seis horas en llegar. Ya era noche cerrada y, puesto que había pasado la medianoche, Navidad; encontrar a agentes durante las fiestas y con aquella nevada debía de haber sido una misión más bien complicada para los superiores de Fischer.

El comisario había pasado todo aquel tiempo en la cabaña, con Berger y los dos niños, intentando tranquilizarlos. Había calentado la sopa de patata que había en una olla para que comiesen algo, pero no habían querido. Luego había vuelto a encender la estufa de leña y, ahora, el interior del alojamiento estaba caldeado y confortable. Nadie, sin embargo, conseguía quitarse de la cabeza que a un centenar de metros de allí estaba el cadáver del padre de aquellas dos criaturas hecho pedazos por un criminal desquiciado, y ya medio congelado dadas las temperaturas polares.

Los del rescate llegaron anunciados primero por la luz de las linternas, que se filtró por las ventanas y luego por unos sólidos golpes en la puerta.

Cuando fue a abrir, Fischer no se asombró de encontrarse con la cara oronda y rubicunda de la agente Gerta Schubert, una mujerona opulenta de unos cincuenta y cinco años y aire protector. Al no estar casada, había sido probablemente más fácil convencerla para que fuese a aquella cabaña perdida en la Selva Negra en Nochebuena.

Su tarea era hacerse cargo de los niños hasta que los llevasen a una institución o con los familiares más próximos, si los tenían.

Berger se puso el pesado chaquetón y salió para enseñar al equipo el punto exacto en el que se encontraba la víctima.

El comisario, por su parte, se quedó aún unos minutos con los dos pequeños y con Gerta, que enseguida puso a hervir agua para preparar té y café para todos.

Los dos niños dormitaban abrazados bajo la misma colcha que los cubría al llegar, acostados en el camastro junto a la estufa encendida.

Fischer arrugó los labios mientras la agente le tendía una taza de café.

—Espero que un día puedan olvidar y superar esta historia. Y que no vuelvan a pasar nunca una Navidad tan horrible. Lo deseo de todo corazón.

Tomó un sorbo, le devolvió la taza a Gerta y salió cerrando la puerta a su espalda.

Fuera la noche era gélida y había comenzado a nevar otra vez.

7

Clínica Sunrise (Italia), actualidad

—*P*rimera regla: conocer las vías de huida.

El sol se ponía y en los campos de alrededor de la villa una explosión de rojo muy vívido iluminaba los olivos, dejando sombras largas sobre la tierra.

La doctora Stark había reunido a todos los pacientes en una salita en la parte trasera de la casa. Desde allí, una puertecita lacada en blanco llevaba directamente al huerto de hierbas aromáticas y, a través de él, a la pendiente del gran portón. En resumen, una entrada de servicio, usada por los repartidores o simplemente para llegar al exterior sin pasar por el salón o la majestuosa entrada.

—¿Estás de broma? —intervino Tim—. ¿Acabamos de llegar y ya nos explicas cómo largarnos?

Julie se rio y también Claudio tuvo un arranque de hilaridad. Los demás siguieron impasibles.

Con ellos estaba también Dennis, que los observaba frunciendo el ceño; Klaus había desaparecido en la cocina.

—Como ya he intentado explicaros, esto no es una prisión y podéis dejar la clínica cuando queráis —insistió Rebecca.

—Dicho así parece fantástico. Pero ¿es verdad que podemos?

89

—Claro que podéis, Jian —lo tranquilizó la psiquiatra—. Y es también muy sencillo. Mirad esto.

Señaló un panel de corcho colgado en la pared. En él, fijados con chinchetas, había siete tiques de la Cotrap, la cooperativa de transportes pullesa.

—¿Son billetes de autobús? —preguntó Lena.

—Exacto. La parada está al final del camino de tierra que habéis recorrido al llegar, en la comarcal, a unos tres kilómetros de aquí. Si decidís abandonar la terapia antes de lo previsto, en cualquier momento del día o de la noche, no tendréis que dar explicaciones ni a mí ni a nadie: podéis tomar vuestra decisión sin molestar a los demás ni frenar con ello su recuperación. Os vais y ya está, sin una palabra. Está escrito también en el acuerdo que habéis firmado: «Alejaos de la propiedad sin obstaculizar la actividad terapéutica de los demás pacientes». Una vez que lleguéis a la ciudad, Ostuni o Bari, tendréis que arreglároslas solos sin móvil porque también el vuestro seguirá en la caja fuerte hasta que no la volvamos a abrir dentro de treinta días. Podréis llamar a un amigo y contarle que habéis pasado algunos días en un *spa*, o inventaros cualquier otra historia. Pero no podéis hablar por ningún motivo de la clínica y de las terapias que se practican aquí. ¿Entendido?

—La primera regla del Club de la Lucha es que no se habla nunca del Club de la Lucha —recitó Claudio para atenuar la tensión que de pronto había crecido entre los presentes.

El chiste cumplió su propósito. Julie se rio, y también Jian y Rosa parecieron apreciarlo.

—Un autobús para pirárselas es muy *El graduado*, ¿no os parece? —subió la apuesta Tim.

De nuevo Julie sonrió coqueta, mientras Jessica salía de la catalepsia en la que parecía haber caído desde el primer momento y comenzaba a rascarse con fuerza el brazo vendado.

—¿A qué hora pasa el autobús? —preguntó Lena.

90

El tema, evidentemente, había despertado en ella cierto interés.

—Frena el carro: hoy ya no va a pasar —dijo Dennis sacudiendo la cabeza—. El último es a las 18:00 y, por la mañana, el primero pasa a las 6:30. Durante el día hay uno cada cuarenta y cinco minutos. Así que, si estáis ya pensando en largaros, tendréis que esperar a mañana.

—Por ahora nadie va a irse —intervino la psiquiatra—. Acabáis de llegar y la terapia aún no ha comenzado. No hay motivo para desanimarse al principio. Pero era justo que lo supieseis.

Jian observó ávido los billetes y Claudio no perdió la ocasión de dar rienda a su instinto jugador.

—Apuesto a que la primera que corta los hilos es esta muchacha tan callada.

—¡Imbécil! —replicó Rosa acompañando el insulto con un gesto elocuente del dedo corazón.

—Uy, qué carácter.

—Ya está bien —intervino el enfermero—. Estas son las reglas. Nadie os obliga a quedaros, así que, si queréis iros, ahora sabéis cómo hacerlo. Pero, si decidís quedaros, tendréis que seguir nuestras instrucciones.

Todos se callaron y Rebecca pudo seguir hablando.

—De acuerdo. Ahora Dennis os enseñará vuestras habitaciones y os asignará las primeras tareas.

—¿Qué tareas? —preguntó Julie, seria de pronto.

—Os asignaremos actividades manuales. Esto no es un centro de ocio, sino…

—¿Qué clase de actividades? —la interrumpió Tim.

La doctora se encogió de hombros:

—Cocinar, limpiar las habitaciones y los aseos, cultivar el huerto… La lista completa se le entregará cada mañana al jefe de equipo del día.

Todos prestaban ahora la máxima atención.

—¿Al jefe de equipo del día? —preguntó Claudio.

—Eso es —confirmó Dennis—. Todos, por turnos, distribuiréis los trabajos, dando a cada uno una tarea y comprobando que la hace.

Tim sacudió la cabeza, Jessica comenzó a rascarse cada vez más fuerte y Jian farfulló en su idioma algo que parecía una imprecación.

—Tranquilizaos —intentó calmarlos Rebecca—. Los trabajos son parte de mi terapia: sirven para alejar vuestra mente de los pensamientos obsesivos que la afligen, y para enseñaros a compartir la responsabilidad.

—Como en los campos de trabajo nazis —susurró Claudio, que se quedó helado de pronto con una mirada de Lena.

—Dennis y yo observaremos y os daremos consejos —siguió la doctora—. Mañana el jefe de equipo será Tim.

El corredor de bolsa levantó el pulgar y sonrió como si hubiese cerrado una transacción de un millón de dólares.

—Estupendo —concluyó Rebecca frotándose las manos—. Ahora tenéis media hora para instalaros y refrescaros; luego la cena y a dormir…

—¿A la cama como las gallinas?

—Eso es, Claudio. Aquí seguiremos el ritmo del sol. Nos acostaremos al anochecer y nos levantaremos con las primeras luces.

Todos comentaron irritados en sus respectivas lenguas maternas.

—Bah, os acostumbraréis, no os preocupéis: llegaréis rendidos a la tarde. Ahora id a prepararos, mañana será un día complicado para todos. Desde este instante somos una pequeña comunidad independiente, que debe ocuparse de sus necesidades de forma autónoma.

—¡Fantástico! Como en una isla desierta —ironizó Claudio.

—Entonces, yo podría ser Viernes —le susurró maliciosa Julie.

El abogado se hizo una idea: quizás aquella experiencia le reservaba también alguna sorpresa agradable.

Las habitaciones estaban en el piso superior de la construcción principal. Todas iguales: amplias, amuebladas de manera simple —una cama, una cómoda, un pequeño escritorio y un armario—, disponían de baño propio con ducha. Ni televisor ni frigorífico, y tampoco otros dispositivos electrónicos. Daban a un largo pasillo desde el que se llegaba a las escaleras de la planta baja. También los cuartos de Rebecca, Dennis y Klaus daban al mismo pasillo. Aquel reparto, sin ningún privilegio que distinguiese a la plantilla de los pacientes, era parte del método Stark. O, al menos, lo era de cara al exterior, porque las habitaciones del personal eran mucho menos espartanas y, sobre todo, contaban con aparatos electrónicos: Klaus y Dennis tenían tele y la doctora, un portátil.

Los recién llegados no tuvieron mucho tiempo para colocar sus cosas, puesto que los esperaba la cena. Ser puntuales —la psiquiatra había insistido varias veces durante el cóctel de bienvenida— era otro de los fundamentos del método: «Si os retrasáis, obligáis a los demás a esperar, y eso demuestra poco respeto por ellos y por vosotros mismos. Si queréis curaros, tenéis que ganaros la confianza de quienes están a vuestro alrededor».

Llegaron al salón por separado, aunque ninguno más tarde de la hora establecida. Jian y Lena incluso algunos minutos antes.

Una vez acomodados en la gran mesa que encontraron puesta, tomó la palabra Rebecca, que la presidía con Dennis a su lado. Klaus, sin embargo, no andaba por allí.

93

—Buenas noches. Hoy, como veis, lo habéis encontrado todo dispuesto: un pequeño bufé frío preparado por el catering antes de irse de la Sunrise. Un modo suave de comenzar, visto que, a partir de mañana, será vuestro deber cocinar, poner la mesa, quitarla... En resumen, todas las actividades necesarias para llevar adelante una comunidad.

Claudio mordió un tallo de apio sin entusiasmo.

—Así que ahora el juego es entender por qué estamos aquí —dijo, pasando revista a las caras de los comensales.

Nadie le respondió. Ni siquiera la psiquiatra que, en vez de hacerlo, los observó en silencio. Era una de las reglas que se había impuesto: intervenir lo menos posible en las dinámicas que se estableciesen entre los huéspedes de la Sunrise.

—Apuesto a que eres uno de esos a los que les pirra esnifar, ¿eh? —le dijo el abogado a Tim, que estaba sentado frente a él.

El americano negó con la cabeza molesto, aunque no respondió.

Pero Claudio no perdió el ánimo y pasó a interrogar a Lena, que estaba a su lado:

—Y tú, ojazos, eres de las que come higos, ¿verdad? Me juego mil euros.

La alemana no era, desde luego, de la clase sumisa del corredor de bolsa y por toda respuesta agarró al abogado del cuello y comenzó a apretar.

—Una capullez más y te arranco los ojos —gruñó.

Dennis se levantó enseguida para separarlos, ayudado por Klaus, que salió de pronto de la cocina.

—¡Basta! ¿Estáis locos? —gritó el enfermero.

La doctora se limitó a asistir a la escena sin decir nada.

Claudio levantó los brazos en señal de rendición.

—¡Está bien! ¡Culpa mía! Lo siento. Perdonadme todos. Ya me callo. Lo prometo.

Se volvió a sentar y miró lo que tenía en el plato: sopa de verduras.

La sala quedó en silencio y todos se esforzaron por concentrarse en comer.

Jian, que se encontraba junto a Jessica, levantó de golpe la cabeza y señaló una pequeña cámara en el techo, justo a la espalda de Rebecca.

—Nos vigilan... —susurró.

Jessica asintió bajando la mirada.

—¿Cómo es tu cuarto? —siguió el muchacho intentando iniciar una conversación—. El mío no está mal. Tiene una ventana enorme y eso me preocupa un poco. Estoy acostumbrado a mi pequeño estudio de Hong Kong, con vistas a una callejuela oscura y llena de basura. Me he habituado. Me hace sentir... protegido.

La mujer sonrió fingiendo prestarle atención. Con el tenedor, dibujaba líneas paralelas en su servilleta para luego alisarlas con la mano.

Quien, por el contrario, parecía interesada en lo que Jian decía era Rosa, que miraba insistentemente en dirección a la videocámara de vigilancia, arreglándose el pelo y sonriendo.

Tim, mientras, aún no había tocado la comida, ensimismado y sin hablar con los demás.

—No te preocupes por lo que ha dicho Claudio —intervino Julie, que estaba sentada a su lado—. Es solo un fanfarrón. —Y para demostrarle cercanía le acarició la rodilla con la mano derecha, apretándola ligeramente.

Él la miró estupefacto, y ella, sonriendo, deslizó la mano hacia arriba. Por suerte, nadie notó el gesto gracias al amplio mantel, que llegaba casi hasta el suelo.

—Así que te han «ascendido» enseguida a jefe para mañana... —le susurró la mujer que, con consumada habilidad, había llegado a la cremallera de los pantalones.

—¡Ya! —respondió Tim incómodo—. Parece que tendré que vigilar que todos hagáis las tareas asignadas. Seré muy estricto. Un poco como en un campamento de verano... ¿Has estado alguna vez en uno?

Julie, que entretanto le había liberado la polla, había comenzado a masturbarlo con una naturalidad desarmante, sin dejar de seguir tranquilamente la conversación.

—Ah, no —soltó una risita—. Siempre he pasado mis vacaciones de otras formas...

—No me cabe duda.

La mano de ella aumentó la velocidad.

—No podemos hablar de nuestros vicios —siguió Tim jadeando un poco—, pero creo que no hay restricciones en lo que se refiere al trabajo, ¿no? ¿A qué te dedicas?

Julie sonrió e inclinó la cabeza a un lado.

—Asesoría inmobiliaria... Cifras, gráficos, aburrido de morir. Tú, en cambio, si no me equivoco, eres uno de los que hace dinero, ¿verdad?

—Puedes apostar a que sí.

Claudio levantó al instante la mirada del plato.

—¡Me apunto! ¿A qué jugamos?

La mujer aprovechó para retirar la mano, mientras Tim, suspirando, intentaba responder a Claudio con tono de jefe que controla.

—Nada. O mañana te pongo a limpiar los váteres, ¿qué te parece?

El otro se abstuvo de contestar porque la mirada de Dennis lo disuadió. La psiquiatra, en cambio, lo observaba con una sonrisa imperturbable de Mona Lisa dibujada en el rostro. Claudio también le sonrió.

—¡Eh, míster simpatía...! —le llamó Lena la atención—. ¿No vas a terminar el plato?

—No. Te lo dejo si hacemos las paces.

La mujer se lo apropió sin más.

—No vas a lograrlo con tan poco. Pero estás en el buen camino, ¿vale? ¿Sabes? Hoy no he comido demasiadas proteínas. Para mí es fundamental... Y mañana cortaré leña, tengo que hacer algo fuerte.

—Había entendido que era el chinito el encargado de hacer de leñador...

—Oye, cabrón, soy de Hong Kong. ¡No soy chino!

—¡Lo que tú digas!

Lena terminó de engullir la menestra y le susurró al oído:

—Sí, le tocaba a él, pero le he pedido que cambiemos. No creo que haya problema, ¿no?

El único que habría podido responder era Tim, pero, en aquel momento, parecía distraído y extrañamente acalorado.

Cuando todos los pacientes hubieron terminado la sopa, Rebecca y Dennis se levantaron con un gesto elocuente: la cena había terminado.

Todos los imitaron. La tensión se podía cortar con cuchillo.   97

—Ahora a la cama y a descansar —dijo Rebecca en tono solemne—. Mañana es el primer día del resto de vuestra vida.

Friburgo (Alemania), 1994

—¿*O*tra taza? —preguntó el agente encargado de la centralita levantando la jarra humeante.

Era ya la tercera vez que pasaba. Iba y venía de su puesto a aquel cuartito para abastecerse de café que lo ayudara a mantenerse despierto durante el turno de noche.

Fischer declinó el ofrecimiento frotándose los ojos: llevaba en pie desde hacía casi treinta y seis horas y había bebido ya demasiados.

La oficina que ocupaba estaba caldeada y resultaba agradable mientras que fuera la temperatura había vuelto a bajar de cero. El día de Navidad había terminado y el de San Esteban, que acababa de comenzar, lo había encontrado en un sillón de la comisaría de Friburgo.

El jefe lo había felicitado por su trabajo y lo había exhortado a volver a casa, pero el comisario no quería irse sin haber hablado primero con el agente Erich Bauer que, por lo que decía Berger, conocía bien a la víctima, Hans Neumann. Por eso estaba esperando que entrase de servicio para hacerle algunas preguntas, antes de salir de allí y volver a casa de su hermana para dormir, por lo menos, doce horas.

Bauer se presentó a las seis de la mañana. Alto y rubio, con brazos de herrero aunque con un bigote finísimo.

El encargado de la centralita lo envió enseguida al despacho en el que se encontraba Fischer.

—Buenos días —lo saludó—. Me han dicho que quería hablar conmigo.

El comisario se puso en pie con esfuerzo y fue a estrecharle la mano. Después de las presentaciones de rigor, explicó enseguida el motivo de aquella charla.

—Conrad Berger, el guía de montaña, me ha dicho que usted conocía bien a Hans Neumann.

—Sí, así es —dijo Bauer dubitativo.

—¿Qué sucede? —preguntó Fischer al notar la incomodidad del hombre.

—Bueno, me he enterado de que lo han encontrado muerto y...

—He sido yo quien lo ha encontrado.

—¡Ah!

—Sí. Ahora, ¿puede decirme de qué lo conocía?

—Hans es... era el marido de Ildegarde, una prima mía de Offenburg.

Aunque obviamente Fischer lo sabía ya, pues había leído el informe sobre la víctima, quería que el agente le diese su versión de la relación.

—Continúe, por favor —lo animó.

—Ildegarde y él se casaron hace doce años, aquí en Friburgo. Los dos niños, Besse y Dietfried, llegaron casi de inmediato. Todo era perfecto, una familia feliz, al menos hasta que... —El agente se interrumpió.

—Hasta que Ildegarde enfermó —lo apremió el comisario Fiscer.

—Eso es. Se fue en menos de seis meses, dejándolos a todos destrozados... No solo a los niños, también a Hans, que desde entonces no ha vuelto a ser el mismo.

—Explíquese mejor.

—¿Qué puedo decir? Antes había sido siempre un tipo

con la cabeza sobre los hombros. Ingeniero mecánico, concienzudo, un padre maravilloso... Pero la muerte de mi prima lo destrozó. Comenzó a beber demasiado, a dejarse ir. Y un día decidió dejar el trabajo y retirarse con los niños a esa cabaña que tenían en la Selva Negra. Antes la usaban para los fines de semana, en verano, para hacer excursiones. Pero en los últimos años se encerró allí con sus hijos.

—¿Cómo salía adelante?

—Vivía con el dinero de su finiquito y con el del seguro de vida de Ildegarde.

—¿De cuánto estamos hablando?

—Bueno, unos pocos miles de marcos. Prácticamente no le hacía falta nada en esa cabaña. «No tengo ni facturas ni toda esa lata», solía repetir. Cazaba para comer y el resto lo iba a comprar una vez a la semana a Offenburg...

—¿Y los niños?

—Los educaba él. Cuando bajaba, se los llevaba a la ciudad. Una vuelta por el supermercado y luego a comer una hamburguesa con patatas. Y después se dirigían de nuevo al bosque, con las mochilas cargadas de provisiones a la espalda.

—¿Y qué pensaba usted de ese comportamiento?

Bauer sacudió la cabeza desconsolado.

—Las pocas veces que me crucé con él, intenté hacerle razonar, hacerle cambiar de idea. Explicarle que esa vida salvaje no era adecuada ni para él ni mucho menos para sus hijos. A propósito, ¿cómo están?

—Físicamente bien, pero aterrorizados.

—Me lo imagino. —El agente hizo una pausa. Se veía que estaba buscando las palabras precisas. Al final, preguntó—: ¿Es cierto que estaba... sin cabeza?

Fischer volvió a sentarse en el sillón.

—No del todo, la cabeza estaba todavía pegada al cuello. Al menos, una parte.

—Ay, Dios mío.

101

—El asesino se ha ensañado con él con un arma muy afilada, hasta el punto de que ha conseguido amputarle las manos y degollarlo profundamente. Por desgracia, no hemos encontrado el cuchillo; debe de habérselo llevado.

—Y ahora, ¿qué van a hacer? —preguntó el agente.

—Hemos emitido una orden de captura para un hombre.

—Entonces, ¿hay un sospechoso?

—Un retrato robot. Besse, la niña, nos ha proporcionado una descripción somera.

—¿A quién se parece?

Fischer suspiró.

—Al coco que habita en las pesadillas de todos los niños.

8

Clínica Sunrise (Italia), actualidad

«*E*n el fondo, quizá no sea tan malo», Tim se lo repetía bebiendo la segunda taza de café de la mañana. Ya desde primera hora reinaba en el interior de la clínica una extraña armonía mezclada con cierto frenesí. Como en un pequeño hormiguero, a todos los huéspedes el corredor de bolsa les había asignado una ocupación ya la noche anterior.

Ahora, como buen jefe de equipo, los observaba satisfecho. Mandar, en el fondo, era la actividad que más le gustaba. Cierto, allí no sentía la misma adrenalina que en Wall Street, pero tener firmes en la mano las riendas del poder era, en cualquier caso, una hermosa sensación.

Resistiría muy bien aquella experiencia, quizá con el apoyo de la tipa francesa, Julie, que la noche anterior se había ocupado de él tan, por decirlo así, amorosamente. El mes pasaría volando.

El sol brillaba y el canto de las cigarras llenaba ya el aire. Aquel lugar habría sido de verdad encantador si no hubiese sido también una prisión, su particularísima Staten Island.

Tim salió del salón y bajó al patio. Era consciente de que todos se estaban esforzando solo porque era el comienzo de la cura y querían empezar con buen pie. Fingían que estaban ocupados y ponían mucha atención a lo que hacían aunque fuese una tarea poco importante.

Jian, por ejemplo, estaba pelando una montaña de patatas en la mesa de la cocina con una sonrisa en los labios, mientras Julie, inclinada para recoger tomates del huerto, había comenzado a saludarlo braceando apenas lo había visto. La pequeña Rosa, por su parte, estaba ocupada haciendo las camas en el piso de arriba y, aunque no rebosaba alegría, se había adaptado sin quejas. De la misma manera, Claudio transportaba sacos llenos de pasta y harina de la despensa a la cocina, y Jessica, con guantes de plástico y una escobilla, estaba limpiando los baños.

Pero al bróker algo no le cuadraba en aquella hermosa estampa. No era exactamente así como la había planificado.

Anduvo deprisa hasta la parte de atrás de la casa y entonces lo entendió: Lena, con camiseta de tirantes y pantalones cortos, acababa de clavar el hacha sobre un enorme leño de olivo.

—¡Eh! —gritó acercándose.

La alemana tomó otro leño y repitió la operación.

—¡Lena! ¡Pero qué coño! ¿No le tocaba al chino cortar la leña?

Ella se secó el sudor con el dorso de la mano antes de responder:

—Hemos hecho un cambio, ¿por qué?

—No me parece que haya permitido… —rebatió Tim, pero al verla esgrimir el hacha perdió todo el valor. En el fondo, no sabía nada de aquella tipa; podía incluso ser peligrosa—. ¿Se lo has dicho a Dennis? —preguntó con un tono más complaciente.

—No… Pero ¿qué problema hay? Lo importante es hacer el trabajo, ¿no?

El corredor de bolsa se impacientó.

—No, lo importante es respetar lo que te dicen. La disciplina forma parte de la terapia. ¿Crees que a Jessica le gusta limpiar váteres? ¡Pero lo hace!

Lena ya no lo escuchaba. Había vuelto a cortar leña haciendo caso omiso del americano, que, tras un instante, se alejó furioso.

La escena no se le había escapado a la doctora Stark que, asomada a la ventana de su consulta como un buitre, había asistido al enfrentamiento.

—Bueno —susurró—, ahí está nuestro primer ganador.

Las sombras comenzaban a desaparecer bajo los árboles con el sol llegando a su punto culminante y, por los postigos abiertos, llegaban los gritos de los demás: se habían reunido en el huerto a recoger hierbas, que luego usarían para sazonar las patatas hervidas para la comida.

Lena suspiró y apretó la mano hasta que se le pusieron blancos los nudillos. No le gustaba estar sentada sin hacer nada. Además, sentía que la habían castigado.

La psiquiatra la había llamado a su consulta al final de la mañana y, cuando había entrado, tras ofrecerle asiento, se había limitado a consultar papeles y escribir en un cuaderno de piel negra. Cada poco levantaba los ojos para mirarla, sin cambiar de expresión.

Lena, que en sus treinta y cinco años de vida se las había visto ya con una escuadra de loqueros, sabía bien que se trataba de una táctica para tenerla en ascuas, con la esperanza de que bajase la guardia y accediese a las posibles decisiones tomadas por la doctora.

Después de un rato que pareció interminable, Rebecca dejó por fin de tomar apuntes y descansó la mirada sobre la chica de Stuttgart.

—Sé que es duro estar aquí, lejos de tus seres queridos

105

—comenzó—. Pero lo es para todos y, si los demás se comportasen como tú, reinaría la anarquía.

—¿Te refieres al estúpido asunto de la leña?

—Eso es. Y no es, en absoluto, estúpido.

Lena asintió distraídamente, mientras seguía mirando la ventana abierta como un niño al que se le impide salir a jugar con sus amigos.

—Si no estás convencida de este recorrido, nadie te obliga a quedarte. Lo sabes, ¿no? El próximo autobús pasa dentro de media hora.

La alemana se decidió a devolver la mirada a la doctora, sosteniéndola con firmeza.

—No quiero irme —contestó—. Tengo que probar al menos, ¿no?

—Desde luego que deberías. Pero ¿por quién?

—¿Cómo que por quién?

—¿Por ti o por Hannah?

Lena dudó. En aquellos papeles esparcidos delante de la psiquiatra debía de estar contada toda su vida: quién era, lo que hacía, lo que le había pasado cuando era pequeña…

—Por ambas —susurró al final—, pero, sobre todo, por Gerhard. Él lo merece…

Rebecca asintió comprensiva.

—Es tu hermano, ¿verdad?

—Ya sabes quién es, ¿no está escrito ahí? —Señaló el cuaderno negro.

—Sí, lo está —confirmó la terapeuta con tono reposado.

—¿Y también sabes lo que sucedió?

—Obviamente. Pero tú estás aquí para superarlo.

—¡Ya lo he superado! —gritó Lena.

—¿Estás segura? ¿No crees que tu comportamiento es aún una reacción a aquellos sucesos?

La paciente negó con la cabeza. Aquella historia no dejaba de volver a atormentarla.

—¡Mírame! —dijo la doctora Stark—. Lena… —La chica levantó la cabeza—. ¿Me prometes que cambiarás de actitud?

—¿En qué sentido? Yo no he hecho nada… ¡Nada!

—Y a agarrar del cuello a Claudio ayer por la noche… ¿cómo lo llamas?

—Ese cabrón me provocó…

Rebecca no reaccionó al insulto.

—Lo sé, Lena, y de hecho enseguida lo llamaré a él también —dijo con tono neutro—. Ahora, sin embargo, estamos hablando de ti: no puedes saltar de esa forma. Tienes que intentar controlar tu rabia. Tu historial está salpicado de episodios así, pero ahora estás aquí para dejar todo eso atrás. Tienes que tener presente que «fuerza» no es sinónimo de «rabia». ¿Entiendes?

Lena se removió en la silla sin hacer amago de responder.

—Y no puedes tampoco cambiar los turnos de trabajo como te parece —la apremió la psiquiatra—. Que os hagáis cargo de las responsabilidades que se os asignan es parte del proceso. ¿Estás dispuesta a hacerlo? —La alemana asintió—. Quiero oírtelo decir, por favor.

—Está bien. Lo haré.

La doctora Stark sonrió satisfecha.

—Dale. Empecemos por ahí, entonces. Por asumir nuestras responsabilidades: mañana serás tú la jefa de equipo y te tocará a ti asignar las diversas tareas.

Lena se iluminó de repente.

—¿Puedo poner a Claudio a limpiar los baños?

—Tú eres la jefa, tuyas son las reglas —contestó Rebecca encogiéndose de hombros.

A la hora de la comida, cuando el sol, ya en su cénit, daba de lleno sobre los limoneros y los techos de tejas rojas de la villa, la atmósfera colaborativa de la mañana se había desvanecido hacía mucho.

Tim observaba a los demás como si fuesen sus inferiores, más que sus compañeros de aventura.

—A ver, ¿está ya la mesa? —preguntó dirigiéndose a Jian, que estaba transportando una gran olla.

—¡Un momento!

Se habían acomodado ya todos, incluidos Dennis y Rebecca, que presidían la mesa callados y observando los gestos de los presentes. Jessica había puesto la mesa con cuidado, junto con Rosa; Claudio había cortado el pan y Lena se había ocupado de llevar el agua y los zumos de fruta. Julie, por su parte, había cocinado junto con el chico de Hong Kong, mientras que Tim los había vigilado a todos como el viejo propietario de una plantación de algodón, con las manos prácticamente todo el rato en los bolsillos hasta que la francesa había anunciado que estaba todo listo. En ese punto, se había sentado con aires de triunfo junto a la psiquiatra, como para decir: «¿Has visto cómo los he hecho currar?».

En el aire se había propagado enseguida un aroma que había despertado a todos el apetito. El menú era sencillo y en línea con los productos de la zona: menestra de verduras, patatas al horno con fumaria, fresnillo, angélica y romero, ensalada de tomate y naranjas, aliñada con el excelente aceite de oliva de la finca, del que la cocina estaba bien provista.

—Bueno —preguntó Julie cuando todos se hubieron servido—, ¿cómo está la menestra? Es una receta que me enseñó mi abuela provenzal…

—Muy rica —respondió Jian, inclinando apenas la cabeza. —*Merci!*

Julie sonrió volviendo la mirada al resto de los comensales, con la esperanza de recibir otros cumplidos que, sin embargo, no llegaron.

Tras alguna charla en voz baja, fue Tim, teniéndose aún por el jefe y, por tanto, portavoz, quien tomó la palabra.

—¿Vamos a comer solo verduras y patatitas todo el rato? —preguntó volviéndose hacia la doctora—. ¡Qué tortura! ¿No hay comida de verdad aquí? Un buen filete de ternera, por ejemplo.

—Sí, claro que hay —respondió Dennis—. Pero tendréis que poder cocinarla. Tenemos una despensa que revienta de comida y un congelador lleno de todo tipo de carne...

—Yo soy vegetariana —intervino Jessica con un hilo de voz—. Para mí esto es perfecto.

—Yo puedo prepararos platos de pasta exquisitos —propuso Claudio—. ¿Qué decís de unos *penne all'arrabbiata*? ¿Le gusta a usted el picante, señorita vegetariana?

La holandesa no respondió y comenzó a rascarse el brazo vendado.

—¡Yo adoro el picante! —anunció Julie sonriendo.

—No nos cabe duda —replicó Tim, con expresión maliciosa.

—Visto que mañana serás uno más —observó Lena—, podrías cocinar tú, Tim. Los americanos sabéis hacerlo, ¿no? Quizás una hamburguesa. O patatas fritas.

—Lo pensaré —cortó el bróker, con la sensación de que le tomaban el pelo.

Lena sonrió, feliz de haber puesto en evidencia a aquel fantasma y, sin pedir permiso, arrastró hacia ella el plato de Claudio y terminó lo que él había dejado.

El abogado se lo permitió sin comentarios: siempre había odiado la menestra de verduras.

—Estupendo —intervino Rebecca al final de la comida—. Ahora, id a descansar porque hoy por la tarde tendréis que enfrentaros a una prueba especial. Klaus, ¿está todo listo?

109

El hombretón apareció al fondo del salón asintiendo. Tenía una expresión extraña.

—¿No hay café? —preguntó Claudio.

—Mejor que no, ya estáis bastante nerviosos —respondió Dennis, poniéndose en pie, imitado de inmediato por todos los demás.

—¿De qué clase de prueba se trata? —preguntó Rosa preocupada.

—Ah, ¡os gustará! —respondió el enfermero con un punto de sadismo en la voz—. La llamamos «el bautismo de las cabinas».

—Sí. —Echó leña al fuego la psiquiatra—. Y es la verdadera columna vertebral del método Stark.

Los siete pacientes intercambiaron miradas preocupadas. A todos se les habían pasado las ganas de bromear. El único con una sonrisa sádica en la cara era Klaus y aquello no hacía sino preocupar aún más a los adictos en busca de cura.

9

Clínica Sunrise (Italia), actualidad

Había subido la temperatura. El termómetro de la pared indicaba treinta grados cuando la doctora Stark comenzó a bajar la escalera. Sabía que, de allí a unos minutos, se jugaría no solo su carrera sino también su credibilidad como investigadora. Cuando había expuesto la idea a Ivánov, él la había aprobado con entusiasmo, aunque aquel riesgo podía comprometer el éxito de su proyecto.

—Tiene carta blanca —le había dicho—. Y me ocuparé personalmente de equipar la clínica con lo necesario.

Había cumplido su palabra: en la bodega de la casa, donde antes se conservaban el vino y el aceite, había siete cabinas modernísimas. A primera vista parecían duchas de hidromasaje de última generación, con una puerta de cristal y un asiento pequeño en el centro. Solo faltaba la alcachofa para el agua.

La psiquiatra bajó el último escalón y un estremecimiento le recorrió la espalda. El ambiente, como había indicado con exactitud, estaba climatizado a una temperatura constante de dieciocho grados.

—El calor empaña la mente —respondía a quien le pedía explicaciones—. El frío permite seguir alerta.

Dennis y Klaus la recibieron con un gesto reverencioso de la cabeza.

—¿Algún problema?

—Ninguno —respondió el enfermero—. Han entrado sin protestas, aunque un par se han quejado de que hacía frío...

Los tres estaban ante un monitor de treinta y dos pulgadas con un teclado a un lado que tenía todo el aspecto de un interfono. Más abajo una serie de botones numerados del uno al siete gestionaba el mecanismo de apertura que podía liberar a los pacientes de aquella especie de jaulitas.

—Pues comenzamos —ordenó Rebecca.

Dennis asintió y apretó una tecla.

Se hizo la oscuridad más absoluta y se elevaron un par de gritos de terror.

Un instante después se encendieron unas luces de neón a lo largo del pasillo al que daban las cabinas.

—¿Qué pasa? —preguntó Rosa—. Tengo miedo. —Presa de la incomodidad, comenzó a golpear el cristal con los puños—. ¡Dejadme salir!

También Jessica comenzó a gritar.

—No es un gran comienzo —comentó Dennis, al que de inmediato fulminó una mirada de la psiquiatra, que había previsto aquella fase de pánico por parte de algunos de los pacientes.

De hecho, se habría asombrado de lo contrario. Hasta ella habría perdido los papeles si la hubiesen metido sin avisar en una especie de caja hipertecnológica, iluminada desde arriba por una molesta luz azulada y cerrada con tres paneles led que le devolvían repetida hasta el infinito su imagen tomada por una cámara web de alta resolución. Normal, pues, que todos los adictos estuvieran nerviosos. Estaban atrapados en celdas ultrarresistentes y ni siquiera con un martillo habrían conseguido mellar la puerta de cristal que los separaba de la libertad.

Cuando se callaron, la psiquiatra se inclinó para hablar por el micrófono.

—No hay nada que temer —comenzó, mientras su voz se retransmitía en el interior de las cabinas—. Hoy viviréis una experiencia única y sin riesgos, así que no tenéis motivo para preocuparos.

Lena golpeó la puerta fuertemente con los puños.

—Entonces, métete tú en una jaula, capulla.

La doctora hizo como si no la hubiese oído aunque la gran pantalla ante ella le retransmitía el audio y el vídeo de cada una de las siete cajas. Lo que filmaban también se grababa y le serviría luego para estudiar con calma las reacciones de cada uno de los pacientes y elaborar su perfil psicológico.

—Este es el momento de que seáis todos sinceros —siguió—. Sinceros como no lo habéis sido nunca, quizá ni siquiera con vosotros mismos. —Hizo una pausa y luego concluyó—. ¿Cómo de sinceros sois con vosotros mismos?

Ni uno respiró. Se esforzaban por intentar entender lo que sucedería.

Jessica seguía curiosa con el dedo la filmación de su brazo vendado, que se proyectaba en una de las paredes, como si perteneciese a otra persona. Rosa había encontrado la cámara y sonreía, mirándola fijamente y atusándose el pelo. Julie se arregló el vestido corto con una expresión inescrutable, mientras Lena seguía emprendiéndola a puñetazos contra el cristal para desahogar su rabia. Los tres hombres, sin embargo, estaban inmóviles, esperando los acontecimientos, aunque Jian había comenzado a sudar copiosamente a pesar del frío.

—Observad vuestra imagen reflejada —los apremió Stark—. ¿Qué veis? ¿En qué pensáis cuando os miráis a los ojos?

—Sabemos muy bien lo que vemos —gritó crispada Lena—. A alguien que no nos gusta: por eso estamos aquí.

—Habla por ti, bollera —la apostrofó Julie—. ¡Yo me gusto muchísimo!

—También yo —confirmó Rosa, guiñando un ojo con malicia a la cámara web.

La alemana, cada vez más furiosa, continuó dando golpes al cristal, intentando llegar al punto en que se encontraba la cámara. Inútil: ni siquiera lograba rozarla.

—¿Nos vas a decir qué hacemos aquí dentro? —preguntó Rosa—. Estoy acostumbrada a las cámaras... Esto no me parece una gran prueba de valor.

—En realidad, no es una prueba de valor, sino de resistencia —explicó la doctora—. La cámara se apagará y las pantallas led dejarán de devolveros vuestra imagen solo cuando hayáis desvelado a los demás la razón por la que os encontráis en la Sunrise. Reconocer vuestra dependencia es el primer paso para salir de ella.

En las siete cabinas se hizo el silencio.

«Previsible —pensó Rebecca—. El miedo y la vergüenza de que los otros conozcan nuestras debilidades suelen dejarnos mudos.»

Así que puso su atención en observarlos en el monitor.

Jessica negaba con la cabeza; Jian, a pesar del espacio limitado, se movía en círculo, como una peonza; Tim parecía cada vez más impaciente y casi jadeaba; el único que parecía a gusto era Claudio, que apoyaba la espalda en una de las paredes luminosas con una vaga sonrisa de condescendencia en los labios.

—¿Cuánto tiempo tendremos que estar aquí? —estalló el bróker—. Se me dan mal los ambientes cerrados.

—Eso depende de vosotros —respondió la psiquiatra—. Por lo que sé, nadie sufre claustrofobia.

Tim soltó un taco golpeando con el codo uno de los led.

—Vamos a hacerlo —intervino el abogado despertando de su letargo—. ¿Apostamos a que seré yo el primero en escapar de esta trampa? ¿A que no adivináis? Adoro de verdad apostar. A todo. Y estoy de deudas hasta el cuello.

He perdido un montón de dinero. Aunque, en realidad, era de mi padre. Ese es mi problema. ¿Es así, doctora? ¿Lo he hecho bien? ¿Puedo salir?

De improviso, la luz de la cabina de Claudio se apagó; pero, aunque se quedó a oscuras, siguió encerrado.

—¡Eh! Pero ¿qué mierda es esta? ¿Por qué no se ha abierto?

—Lo siento —respondió la doctora Stark con voz tranquila—, pero no liberaremos a nadie hasta que todos hayan revelado cuál es su adicción.

—Pero ¡qué ida de cabeza! —protestó Rosa—. ¿De qué sirve esta tortura?

—Es útil para que os fieis unos de otros y forméis un grupo unido. Conoceréis las virtudes y las debilidades de los demás.

—¡Y una mierda! —gritó Claudio encabronado.

—¿Estáis de broma? —le hizo eco Lena.

—¿Alguien más quiere compartir su desazón? —preguntó la psiquiatra ignorando las quejas.

Silencio de nuevo.

Tim, entretanto, se había puesto pálido y le costaba respirar.

—Dejadme salir de esta puta celda. No me encuentro bien.

Klaus echó una mirada preocupada a Rebecca, que, sin embargo, hizo un gesto negativo con la cabeza. Sabía que era un riesgo, pero antes de aceptar a los candidatos los había sometido a escrupulosos exámenes médicos que habían confirmado su buen estado de salud, así que no corrían especial peligro.

—Antes tenéis que decir por qué estáis aquí —entonó en el micrófono.

Esta vez fue Dennis quien buscó la confirmación en la mirada de la psiquiatra, que respondió con un breve gesto de la cabeza. El enfermero, entonces, pulsó una tecla y la imagen de la cámara de Tim se proyectó en las pantallas de todas las demás cabinas. Ahora, además de verse ellos, los pacientes podían constatar el malestar del estadounidense, que sudaba y temblaba, muy debilitado.

—Dejadlo salir —suplicó Julie.

—Está mal —gritó Lena—. ¿Es que no lo veis?

El único que no entendía lo que pasaba era Claudio, que seguía envuelto en las tinieblas.

—Pero ¿qué sucede? —preguntó.

—Sucede que están torturando a Tim —estalló Rosa.

—¡Abrid! —gritó Jessica comenzando a temblar también ella—. Yo tampoco me siento bien.

—Está bien. Voy a decirlo —soltó Tim—. Soy corredor de bolsa y necesito estar siempre al máximo. Siempre capaz de reaccionar. Y la coca me ayuda. En el trabajo estoy siempre colocado. ¿Contentos?

La doctora Stark hizo un gesto y la luz en la cabina del hombre se apagó.

—Ahora dejad que me vaya.

—No puedo, Tim, lo siento —respondió la doctora—. Depende de los demás…

—¿A qué esperáis? Joder, confesad vuestra puta adicción. Estoy hecho una mierda.

Rebecca entendió que, por fin, el proceso había comenzado: la presa estaba cayendo y todos se dejarían llevar por el impacto de la corriente.

La primera en ceder fue Rosa.

—Yo no tengo nada malo, ¿está claro? ¡No soy como vosotros! No soy una asquerosa drogadicta ni una maniaca del juego. Es mi madre la que me ha enviado aquí por mis selfis. ¿No es una locura? Según ella estar chateando en el móvil o colgar cosas en las redes sociales es una enfermedad. —Su tono se había vuelto agresivo, pero su luz no se apagó.

La terapeuta estaba al corriente de que había más, así que la paciente se vio obligada a seguir.

—Y tampoco mostrarse desnuda a un desconocido para conseguir recargas de saldo en el teléfono es el fin del mundo, creo yo, ¿no? El cerdo de turno me mira en Snapchat y me manda un regalito a PayPal. ¿Cuál es el problema? En cualquier caso, ¿sabéis lo que os digo? Que, si de verdad es tan tremendo, entonces estoy enferma, porque adoro mi móvil. Y quiero que me lo devuelvan ya.

La cabina de la chica quedó a oscuras.

—A mí me gustaría mirarte, Rosa —intervino Jian—. No te imaginas cuánto. —Se interrumpió, para luego continuar balbuceando—: Confesarlo aquí es la cosa más vergonzosa que he hecho en mi vida… Pero no creo que haya nada malo en observar a los demás follando en internet, ¿o sí? Y, bueno, si me toco y… En fin, ya lo habéis entendido, ¿no?

Luz apagada también para él.

En ese momento, Julie, con el tono más neutro posible, dijo:

—Desde joven he adorado el sexo. ¿Es que no es la actividad más natural del mundo? Yo he hecho felices a más hombres que muchas mujeres que cierran las piernas después de casarse. Soy ninfómana y no es tan malo, creedme.

—¡Te creemos! ¡Es una bendición! —gritó Claudio con una risita mientras la luz se apagaba en la cabina de la francesa.

La doctora Stark observaba satisfecha el monitor. Solo quedaban dos pacientes sin reconocer su enfermedad.

Como había previsto, se trataba exactamente de los dos casos más difíciles.

—Lena, ¿tú no tienes nada que contarnos? —preguntó en tono calmado.

La alemana gruñó, volvió a golpear la puerta de cristal hasta hacerse sangre en los nudillos y, luego, por fin, cedió.

—Que os den. Han dado un nombre extraño a mi enfermedad: anorexia compulsiva. Gracioso, ¿no? Para una
que come con mi apetito. Lo que me obsesiona, dicen, es
que mi cuerpo sea perfecto, hermoso y musculoso. Mo-
delado por Dios. ¿A vosotros os parece algo malo? ¿Una
adicción cutre como decís aquí, en la Sunrise?

Jessica no esperó ni siquiera a que se hiciese la oscuridad en la cabina de Lena. Deseaba que aquel estrés que la
estaba matando emocionalmente terminase pronto. Había
comenzado de nuevo a rascarse furiosamente el brazo vendado. Miró hacia el objetivo y se quitó la venda. La carne
estaba atormentada por cortes y arañazos profundos, algunos que aún sangraban.

—Esta es mi miserable dependencia. Me corto y me
provoco heridas. ¿Satisfecha, doctora?

El pasillo quedó en tinieblas.

Segura de que nadie podía verla, Rebecca sonrió. Su experimento había funcionado muy bien; es más, el método
Stark funcionaba como la seda.

Pulsó ella misma los siete botones, uno tras otro; volvieron a encenderse los neones y se abrieron las puertas de
las jaulas.

Tim cayó al suelo desmayado mientras los demás esca-
paban de sus respectivas celdas jadeando, completamente
descompuestos.

Durante la cena, como era de esperar, el ambiente estaba tenso. Miradas bajas y caras largas.

Cuando la doctora entró en el comedor, la recibió un
silencio glacial.

Dennis fue el único en hacerle un gesto amable retiran-
do la silla para que se sentase.

—Ahora me odian —le susurró ella—. Y es justo que

lo hagan. Es parte de la terapia. Manía hacia mí, pero cohesión y espíritu de equipo. Será eso lo que los curará: contar los unos con los otros, compartir los progresos y los bandazos, darse ánimos entre sí. Yo solo tendré que observar e indicar el camino correcto si se pierden. Pueden odiarme todo lo que quieran, no me importa mientras se curen.

Todos entendieron al verla sentada como la señal para empezar a comer. El menú, extremadamente simple, lo había preparado Jessica: verduras asadas y fruta.

—No sé si nos libraremos de nuestros males —intervino Claudio para alegrar el ambiente pesado—, pero seguro que adelgazamos a fuerza de comer estas cosas.

Julie se rio divertida y también Jian. Los otros siguieron impasibles. Lena, que rezumaba rabia por todos los poros, no dejó escapar ni un suspiro. También Rosa y Jessica observaban a la psiquiatra de través, mientras que Tim parecía haberse recuperado por completo, hasta el punto de que, con una mezcla de ironía y chulería, preguntó:

—Entonces, Rebecca, ¿te alegras de cómo han ido hoy las cosas? ¡Casi me matas!

Todos se giraron hacia la terapeuta, curiosos por saber cómo reaccionaría.

—Sabía que tienes duro el pellejo —replicó sonriendo—. Ninguno de vosotros ha estado de verdad en peligro.

—¿Ah no? —rebatió el bróker—. Si asfixiarse no es encontrarse en peligro, ¿qué lo es?

La mujer lo ignoró y siguió con su discurso.

—Estoy muy satisfecha de cómo os habéis enfrentado a la prueba. Y os ruego que me creáis cuando os digo que no ha sido un acto de crueldad someteros al experimento de las cabinas. Es solo el resultado de mis estudios. Veréis, muchos colegas prefieren esperar a que el paciente exponga espontáneamente su problema, sin forzarlo.

—Habría sido mejor —comentó Jian.

—Puede ser —prosiguió ella—. Pero, con ese tipo de enfoque, podrían pasar semanas o incluso meses, y no disponemos de tanto tiempo. O, mejor dicho, yo soy de otra opinión: quiero que volváis a estar bien antes. Pero, como os expliqué cuando aceptasteis participar en esta terapia, nadie os obliga.

—Solo hemos vendido nuestra alma con un contrato —ironizó Claudio—. ¿Mañana tienes previsto someternos a electrochoque?

—No, tranquilos —respondió la psiquiatra sin perder los papeles—. El método que he diseñado durante años está basado en la terapia de enfrentamiento, en asediar al sujeto hasta hacerlo reaccionar en tiempos breves y ayudarlo a enfrentarse a sus problemas sin máscaras. La que habéis superado esta tarde —continuó con tono relajado y profesional— era la parte más difícil: confesar vuestro secreto a los demás. Puede que haya sido un poco severa, pero era necesario. —Hizo una pausa, luego se volvió a su ayudante—. Dennis, por favor, ocúpate tú de distribuir las pastillas de la noche.

—¿Ahora también nos vas a drogar? —preguntó Tim entre serio y chistoso.

El enfermero lo fulminó con la mirada.

—No, son simples somníferos —respondió la doctora—. Sé por experiencia que esta noche os va a costar mucho conciliar el sueño, y las pastillas os ayudarán. Pero no os acostumbréis, luego tendréis que seguir sin ellas.

—¿Qué va a pasar mañana? ¿Nos vas a meter la cabeza en una tina de agua hasta que juremos que nos alejaremos de nuestras perversiones? —preguntó Lena mordaz.

La psiquiatra sonrió condescendiente. El odio hacia ella era una buena reacción. Si la tomaban con ella, quería decir que se habían unido y habían dejado de discutir entre ellos. El método estaba funcionando.

—No, Lena, aunque no sería mala idea. Lo tomaré como una sugerencia para usarlo con los pacientes que lleguen después de vosotros, ¿de acuerdo? —Ninguno se rio del chiste, así que continuó impertérrita—. A partir de mañana no habrá más pruebas, tenéis mi palabra. Solo el sudor de la frente y el diálogo. Entraréis en una nueva fase. Las estadísticas dicen que, transcurridas las primeras treinta y seis horas, comenzaréis a sentir un fuerte malestar porque os faltará algo: vuestro adorado vicio, vuestra adicción, como tenéis que aprender a llamarla. Hoy la novedad y la práctica de las cabinas han distraído vuestra atención, consciente e inconsciente, del oscuro deseo que se aloja en vuestro interior, pero mañana volveréis a pensar en él. Creedme: lo he visto muchas veces. Y sucederá también al día siguiente. Y todos los demás. Por eso es importante que el grupo esté unido, que luchéis todos juntos, que os transforméis en un equipo, en una comunidad unida que lucha, cada uno su batalla y todos juntos la guerra.

Lena se levantó negando con la cabeza y, mientras se dirigía a la escalera, farfulló:

—Qué mierda de imitación de los tres mosqueteros.

En cuanto llegó a su habitación, cerró la puerta y se echó al suelo a hacer flexiones como una loca.

No era la primera vez que le daban palabras de ánimo y nobles propósitos «por su bien». Por desgracia, hasta ese momento, nunca le habían servido de nada.

10

Clínica Sunrise (Italia), actualidad

«La humanidad nunca ha dudado en cambiar un poco de felicidad por un poco de seguridad.»

Rebecca se había despertado con aquella frase de Freud en la cabeza y le parecía que encajaba como un guante con lo que estaba sucediendo en la Sunrise: sus pacientes volverían a sonreír, a ser felices, y el experimento de las cabinas se archivaría en sus mentes como el precio necesario para alejar su oscuro mal.

El segundo día comenzaba con unas premisas inmejorables.

—Todos llevamos dentro secretos que no nos confesamos ni a nosotros mismos —recitó con los ojos cerrados mientras se lavaba la cara.

Esa era su filosofía desde que había comenzado en la profesión de psiquiatra: los pacientes mienten, ocultan hechos y pensamientos, se comportan como niños, a menudo de forma irracional. Era ella, por tanto, la que tenía que descubrir los misterios que había en la base de su enfermedad.

Aquella mañana se había levantado antes de amanecer para mirar las filmaciones de los siete adictos grabadas durante la prueba. Había previsto cuál sería la reacción de cada uno; puede que solo Lena hubiese ido un poco demasiado lejos al herirse las manos. Y no había imaginado tampoco que Tim se desmayaría. Pero, en general, podía considerarlo un éxito.

Ahora, de vuelta a su habitación para arreglarse, observaba por la ventana lo que sucedía en el jardín.

La noche parecía haber devuelto la energía a la nueva jefa de equipo que, a las siete en punto, había ya reunido a todos los huéspedes para asignarles sus deberes. Lena, en efecto, en camiseta de tirantes y pantalones cortos, gritaba órdenes a los demás, que formaban un semicírculo a su alrededor, visiblemente preocupados por sus tatuajes tribales.

—Hoy me toca a mí distribuir las tareas, así que he decidido que lo haremos todo juntos. O casi —añadió en tono ambiguo.

—¿Qué quieres decir? —preguntó Tim con aprensión.

La alemana insinuó una sonrisa que parecía más una mueca malvada.

—Primero recogeremos las hierbas y las verduras en el huerto, y luego iremos a cocinar el famoso asado del que hablabas ayer, ¿de acuerdo?

—¿Todos? —preguntó Julie.

La sonrisa de Lena se hizo feroz.

—Todos menos Claudio. —El abogado inclinó la cabeza a un lado observándola con desafío—. A ti te he reservado la limpieza de los baños y las habitaciones... ¡Tira!

—¿Estás de broma? —preguntó descolocado.

—¿Quieres apostar?

Los otros se echaron a reír, mientras él miraba a Lena amenazador. El físico tonificado de la chica, sin embargo, lo hizo desistir de reaccionar y, en un rincón de su mente, lamentó incluso que ella fuese de la otra acera. Quizá, con un poco de empeño, podría convertirla. En el fondo, había encontrado ya a unas cuantas desquiciadas del deporte y las dietas, y a muchas también se las había llevado a la cama.

Con aquellos pensamientos amontonándose en su mente, Claudio se dirigió hacia el interior de la casa.

Diez minutos más tarde, la doctora salió al patio para observar a los pacientes de cerca. Todos estaban en el huerto ocupados recogiendo tomates. Lena pasó a su lado con una caja rebosante al hombro, evitándola por los pelos.

—Bravo —se congratuló Stark—. Todos trabajan en armonía.

La alemana asintió y siguió sin decir nada. Después de entrar en la casa y haber confiado los tomates a Rosa para que los pelase, bajó a la despensa con Tim, donde, de un enorme congelador, sacaron un corte de cerdo para asar.

—¿Sabes cocinarlo, yanqui?

El corredor de bolsa lo sopesó entre las manos.

—Seguramente mejor que una cabeza cuadrada como tú —rebatió aceptando el desafío—. Para el día de Acción de Gracias preparo siempre el pavo, hacer un asado no será muy distinto…

Lena miró al cielo, pero no contestó: no le interesaba pelear con él. Tenía otra cosa en la cabeza. Subió las escaleras hasta el piso de arriba y miró en todas las habitaciones hasta encontrar al abogado que, con un par de guantes de goma puestos, fregaba las baldosas del baño de Julie.

—¿Has visto? —lo increpó llena de sarcasmo—. ¡He ganado la apuesta!

—Imbécil, esta me las vas a pagar.

Ella asintió y luego se fue sonriendo.

«Si hasta me puedo divertir en este manicomio», pensó.

La ventana abierta dejaba entrar las voces de los otros adictos ocupándose del huerto y esforzándose por preparar la comida en la cocina. La doctora Stark se levantó y fue a cerrarla para evitar distracciones.

Hasta aquel momento, Jessica había estado sentada inmóvil frente a ella, sin decir ni una sola palabra. El único gesto había sido el de rascarse nerviosamente el brazo sano.

Rebecca la observaba con ternura. No quería forzarla y sabía que la prueba de las cabinas había sido más traumática para ella que para los demás.

La joven holandesa no sufría una auténtica adicción ni tenía un vicio real, pero había querido incluirla, aun así, entre los pacientes, porque su caso era parecido al de muchos otros, demasiados otros.

Volvió a consultar su dosier: había nacido en La Haya hacía veinticinco años y ahora residía en Róterdam, donde trabajaba de camarera. Desde hacía casi una década la afligía un mal oscuro.

—Entiendo que para ti fue duro mostrar el brazo a los demás…

—Fue, sobre todo, cruel —murmuró Jessica escondiendo la mano.

—Era necesario para haceros reaccionar. Estáis aquí para salir de ello. Y, a veces, una terapia de enfrentamiento ayuda más que mil fármacos. Por eso os hemos prohibido tomar medicamentos: será solo vuestra fuerza de voluntad la que os permita abandonar la adicción. El somnífero fue la última pastilla que vayáis a tomar aquí.

—En cualquier caso, esas cosas no me ayudan…

—Cualquiera que haya sido el desencadenante de tu problema, tienes que convencerte de que no es culpa tuya…

—¿Y de quién es?

—Dímelo tú.

Los dedos de Jessica comenzaron a recorrer una vez más la venda que le envolvía el brazo. Sabía muy bien de quién era la culpa. Incluso demasiado bien. Por desgracia.

Υ

Antes de la cena, Lena les concedió a todos un momento de relax. Los había hecho trabajar como mulas todo el día y ahora, por fin, podían descansar. La casa estaba impecable y el asado con patatas se doraba en el horno: una justa recompensa por sus sacrificios.

Tampoco ella se había quedado quieta; al contrario, había dado ejemplo: como el día anterior, había cortado la leña para el horno donde se cocía el pan y había ayudado a Tim a subir de la despensa dos grandes sacos de harina.

—¿Siempre te esfuerzas tanto? —le había preguntado Julie mientras preparaba la masa del pan en la mesa de la cocina.

—Sí, me gusta mantenerme en forma; además, siempre he tenido que arreglármelas.

—¿Y eso?

La alemana había negado con la cabeza, luego había bajado a la despensa y se había cargado a la espalda un tercer saco de harina que en realidad no hacía falta. No le gustaba hablar, ni mucho menos que la compadecieran. Lamentarse del pasado no serviría de nada. Mejor sudar un rato antes de darse un descansito.

Ahora, después de una ducha regeneradora, estaba sentada en el salón observando a Rosa, que hacía un solitario con una baraja. Le gustaba aquella chica: cuerpo menudo, pecho suave, carita inocente.

—Por lo general, juego en el móvil —le había dicho—. Pero aquí tengo que arreglármelas.

Lena, en realidad, ni siquiera la escuchaba. Se limitaba a comérsela con los ojos.

También los demás intentaban distraerse como podían. Sin televisor ni radio estaban obligados a conformarse.

Julie y Tim, sentados en el sofá, charlaban con una colcha sobre las rodillas a pesar del calor.

127

Claudio hojeaba distraídamente uno de los libros en inglés que formaban la pequeña biblioteca de la Sunrise; en su mayoría eran manuales de autoayuda sobre cómo superar los miedos y las frustraciones, pero había también un par de biografías de grandes personajes históricos. Ninguna novela.

«No vaya a ser que a alguno, leyendo *El conde de Montecristo*, se le ocurran ideas raras», pensó el abogado.

Dennis los vigilaba a todos como habría hecho un carcelero, aunque sin amenazarlos con una porra.

El único que no parecía encontrar la paz era Jian. Estaba de pie junto a la ventana y observaba cómo se alargaban las sombras de los olivos en los campos de alrededor. Le costaba respirar y sudaba.

Lena imaginó que estaba a punto de tener una crisis, pero no le dio mucha importancia, prefirió concentrarse en la muchachita suiza: a lo mejor tenía ganas de explorar su lado homosexual...

Cuando estuvo seguro de que nadie le prestaba atención, el diseñador de webs de Hong Kong salió del salón y recorrió deprisa el pasillo. Tenía que salir de allí y desahogarse. Llegó jadeante a la puerta metálica que había entrevisto por la tarde al fondo del zaguán, cuando había pasado por allí cargado con cajas de tomates. Cogió la manilla e intentó abrirla: no hubo suerte. Empujó varias veces, pero estaba bloqueada.

—¿Qué tramas, chino-chen?

La voz que lo hizo sobresaltarse era la de Klaus que, como de costumbre, había aparecido de la nada y se había dirigido a él con el ímpetu que lo caracterizaba.

Jian reculó del susto e intentó recuperar el dominio de sí mismo respondiendo en el mismo tomo.

—Si sabes hablar...

—Ya, y después pego, así que atento a cómo te portas.

El gigante acompañó la frase con el puño.

—Oye, no puedes tratarme así, soy...

El ayudante no le dio tiempo de terminar antes de agarrarlo por la pechera de la camiseta con tal impulso que casi lo levantó del suelo.

—Te parto los huesos como vuelvas a respirar, ¿te enteras?

Jian tragó saliva y asintió frenético. Pero ¿dónde estaba? ¿No tenían que curarlo allí?

Estaba a punto de ponerse a gritar cuando la expresión de su carcelero cambió: primero se hizo cauta, luego casi cómplice. Al final aflojó la presa y se inclinó hacia él susurrando:

—Esa puerta lleva a la caldera. Como estamos en verano, está apagada, así que no hay razón para entrar. ¿Está claro?

—Sí —siseó el joven, listo para batirse en retirada.

Klaus, sin embargo, no había terminado y lo escrutó durante un rato. Parecía que estuviese intentando entender si podía fiarse de aquel imberbe de ojos rasgados.

—¿Tienes el mono? —le preguntó de golpe.

—¿Qué?

—Sí, ¿cómo lo llamas tú? —lo apuró el gigante—. Yo lo llamo el mono.

—No soy un drogadicto —intentó protestar Jian poco convencido.

—Lo sois todos, o no estaríais aquí. No intentes hacerte el niño bueno conmigo...

El muchacho volvió a verse en su minúsculo estudio de Hong Kong: casa y oficina en una única habitación de veinte metros cuadrados, atestada hasta lo indecible de dispositivos electrónicos, ropa y recipientes de comida para llevar. No salía prácticamente nunca. Y, durante un tiempo, eso ni siquiera había sido un problema. Lo que deseaba estaba al alcance de un clic: trabajo, comida, entretenimiento y, sobre todo, pornografía en cantidades ingentes. Gracias

129

a su profesionalidad, tenía una buena cartera de clientes de renombre, entre ellos grandes empresas y hasta un par de multinacionales. Era bueno, preciso y puntual. No importaba que trabajase a distancia con tal de que el resultado fuese el deseado.

Jian vivía encerrado allí dentro, noche y día, observando a través de los píxeles del monitor las vidas de otras personas, que para él habían llegado a ser casi reales. Le gustaba espiarlas a todas horas, sobre todo cuando follaban: lo excitaba a morir. Pirateaba sus ordenadores o sus móviles, y activaba las cámaras y los micrófonos sin que ellos lo supieran. Era como estar presente. Podía oírlos jadear, suspirar, correrse…

A la larga, aquella se había convertido en la única forma en que se excitaba. El auténtico problema era que no conseguía ya desconectar. Había llegado a masturbarse hasta ocho veces al día, a agotarse y perder toda reserva de energía. Al final, falló tres entregas importantes, una tras otra. Muy pronto se corrió el rumor y nadie quería ya contratarlo.

Había tocado fondo hacía un mes, el día en que su madre, preocupada porque no le respondía al teléfono, había entrado en su apartamento con la llave que tenía y lo había encontrado dormido con la cabeza sobre el teclado y los pantalones bajados, mientras en la pantalla pasaban escenas de dos chicos follando en un baño público.

En resumidas cuentas, el bucéfalo que tenía ante sí no se equivocaba: era un drogadicto. No se metía rayas, ni se pinchaba, pero estaba enfermo de sexo virtual. Y ahora, después de solo un día de abstinencia, habría dado lo que fuese por una conexión a internet.

—Sé muy bien por qué estáis aquí —siguió Klaus—. Os oí confesar vuestras mierdas cuando estabais encerrados ahí abajo. No, no pongas esa cara. No te juzgo. Es más, te entiendo. —Luego, con tono conspirador añadió—: E imagino que te falta eso de lo que te quieres desintoxicar, ¿no es eso, cabroncete pervertido?

El otro asintió frenéticamente haciendo caso omiso del apelativo, porque había entrevisto una posibilidad.

Y, en efecto, no se había equivocado. El hombretón, con una sonrisa burlona, pronunció las palabras mágicas:

—Puede que yo tenga lo que quieres.

A Jian le parecía estar soñando.

—¿El qué?

—Ah, te gustará… Siempre que tengas dinero, claro.

El chico estaba a merced de su adicción. Buscó aprisa en los bolsillos y sacó un billete de cincuenta euros.

—Aquí tienes. Los saqué antes de irme y no los habéis requisado…

Klaus sonrió de manera inquietante. Cogió el dinero y se lo metió en los pantalones.

—Bien. Después de la cena, ven a verme, pero ten cuidado de que nadie te pille. Te daré lo que necesitas para estar mejor.

La última frase, por como la había pronunciado, parecía casi querer decir lo contrario, pero Jian no le dio importancia. Podía tratarse de una trampa, cierto, de una estratagema usada por la doctora Stark para probar su rectitud. Era posible que estuviesen compinchados. Pero la sola idea de poder dar desahogo a su libido ante un monitor lo había ya excitado. Valía la pena correr el riesgo.

11

Clínica Sunrise (Italia), actualidad

𝒯res días. Solo tres días y Julie sentía que aquel traidor cuerpo suyo estaba ardiendo: era todo fuego, un incendio, las llamas del infierno.

No era que para ella fuese algo nuevo, en realidad. Lo que la preocupaba era la reacción de la doctora Stark, que había sido muy clara cuando le había hecho firmar aquella avalancha de papeleo a su llegada.

—En los primeros días de la cura, además de observar la prohibición absoluta de usar el móvil e internet, leer los periódicos y ver la tele, para ti habrá dos reglas más: no puedes masturbarte y no debes tener relaciones sexuales. Te será útil, una especie de viaje introspectivo que te llevará a la reapertura de viejas heridas: enfrentándote a ellas, te curarás.

Era más fácil de decir que de hacer.

Conocía bien sus «viejas heridas», como las llamaba la psiquiatra, no le hacía falta investigarlas. El diagnóstico se lo había dado un médico de París un poco antes de que ella se lo tirase en la consulta. Todo era producto de la insana atención que el hermano de su madre le había reservado entre los ocho y los once años, cuando vivían bajo el mismo techo en Burdeos, junto con sus abuelos.

No había hablado de eso nunca con nadie, aunque, si bien había enterrado aquel secreto, había comprendido también que era el origen de su ansia de sexo. Se había convertido en una ninfómana y no había nada que hacer.

Con el tiempo se había informado —libros, enciclopedias médicas, internet— y había entendido que la suya era una enfermedad sin cura: tienes que contar con ella toda la vida y aprender a gestionar tus impulsos.

Su desazón la impulsaba a tener relaciones sexuales con perfectos desconocidos de continuo. Los encontraba en los chats especializados, en las redes sociales o, cuando estaba al límite de la desesperación, ligándoselos en los bares. No importaba si eran franceses o turistas extranjeros, llegaba pronto al asunto sin charlas o complicados preámbulos. El placer sexual era su única razón de vivir, un deseo compulsivo que le permitía anestesiar el dolor. La única regla que se había impuesto, para conservar su trabajo y su intimidad, era no ir más de una vez con el mismo hombre. Así evitaba cualquier relación. Y todo había funcionado, con altos y bajos, hasta hacía un par de semanas, cuando, presa del frenesí, se había tirado a un repartidor que le había entregado un paquete en la oficina. En lo mejor del asunto, había entrado su jefe y —después de las humillantes explicaciones del caso y de revelar su enfermedad— la había puesto ante una elección concreta: o se curaba o la echaba. He ahí el por qué de la Sunrise.

El problema, ahora, era que no había resistido ni veinticuatro horas. La primera noche, durante la cena, había agarrado la polla de Tim bajo la mesa, delante de todos, que habrían podido darse cuenta. El exhibicionismo, en el fondo, era parte de su patología. Pero, visto que no había culminado el trabajito, quizá no contaba como recaída. Sin embargo, al día siguiente, mientras estaban sentados en el sofá, había empezado otra vez a toquetear al bróker protegida por una colcha, y él había eyaculado en su mano. Mientras, habían charlado amigablemente sobre hierbas aromáticas y aceite pullés, y Tim se había esforzado por permanecer impasible. Aquel episodio, no obstante, solo había empeorado la situación hasta el punto de que, durante la noche pasada, se había masturbado furiosamente: dos, tres, cuatro veces. No era suficiente, nunca era suficiente. Había ya desoído e infringido las reglas de la Sunrise y ahora observaba con voluptuosidad a Claudio, que, como jefe de equipo del día, los había reunido para asignar las tareas.

Julie le sonreía coqueta: también él caería en sus redes.

«Una víctima más», se dijo. Después se convertiría, se curaría, se desintoxicaría o lo que fuese. Lo dejaría, a fin de cuentas. Pero deseaba un último polvo con aquel hermoso ejemplar italiano.

—Acercaos, vamos —los animó el abogado—. Hoy seré yo, por fin, el que se divierte.

A ninguno lo entusiasmaba tenerlo como líder, pero aquellas eran las reglas, así que se dispusieron en círculo en torno a él, en el gran salón de la casa.

Julie seguía sonriendo, Tim parecía relajado, y también Jian, insólitamente tranquilo. Las más agitadas eran Rosa, que no paraba ni un minuto, y Jessica, que se rascaba sin parar el brazo vendado.

La expresión de Lena era de fastidio.

—Ya sé qué me va a mandar hacer ese cabrón —le susurró al corredor de bolsa.

—Esto es lo que he pensado… —continuó Claudio con una sonrisa sádica pintada en la cara—. Jessica y yo nos ocuparemos de preparar la comida, nuestra querida Lena se dedicará a la limpieza de las habitaciones y los baños y Julie, Rosa, Tim y Jian tendrán que cavar el huerto: un trabajo agotador que os hará olvidar vuestras pulsiones…

La alemana se dirigió a las habitaciones sin protestar, mientras el cuarteto salía al patio refunfuñando. El sol estaba ya alto y comenzaba a hacer mucho calor. Dennis, que seguía las actividades de todos sin interferir, repartió palas y rastrillos con una sonrisa de circunstancias.

Los elegidos se dirigieron al huerto arrastrando los pies, menos Jian, que en verdad rebosaba energía.

—¿Se puede saber qué te hace tan feliz? —lo increpó Rosa—. Claudio nos ha asignado este trabajo asqueroso y tú sonríes encantado…

—No, nada. Tienes razón…

Julie, sin embargo, agachada para arrancar las malas hierbas antes de comenzar a remover la tierra, continuó insistiendo:

—Estoy de acuerdo con la chiquilla: estás demasiado sereno para la situación en la que estamos.

Todos se pararon a observarlo.

—¿Y bien? —lo interrogó Tim, mirándolo fijamente a los ojos—. ¡Desembucha!

El muchacho de Hong Kong dudó mirando alrededor. Dennis había vuelto a entrar en la casa y la doctora Stark no parecía estar espiándolos por la ventana de su despacho.

—Está bien —se rindió—. Os lo digo, pero tenéis que guardarme el secreto, ¿de acuerdo?

Los demás se acercaron con aire conspirativo y él comenzó a hablar con un hilo de voz.

El conciliábulo no duró mucho, apenas un par de minutos, porque los obligó a interrumpirlo la aparición de Claudio, que, saliendo por la puerta de la casa, iba a su encuentro a paso de carga.

—¡Eh! ¿Quién os ha dicho que podéis descansar? —gritó—. Vamos, ponedle un poco de empeño.

—Imbécil —masculló Tim, mientras comenzaba a cavar de nuevo.

Los cuatro volvieron despacio al trabajo, pero antes Julie lanzó una sonrisa provocadora al joven abogado y se inclinó a seguir arrancando hierbas. El hombre, así, gozaría de la vista de sus nalgas envueltas en un par de pantaloncitos que dejaban muy poco a la imaginación.

La psiquiatra tomó un aire muy profesional y distante cuando recibió a Claudio en la consulta y él la observó atónito. Aunque sobre la ropa llevaba la bata blanca de médico que no solía ponerse, el abogado no se dejó impresionar por la excesiva formalidad. Era capaz de apostar montones de dinero al color rojo en la ruleta, no iba a cohibirlo una bata. Sin contar con que pocos instantes antes, como el valiente capitán de un navío, había llevado a sus hombres a la conclusión de la jornada sin roce alguno. Nada habría podido intimidarlo.

Con cierta complacencia, pensó de nuevo en los demás pacientes, exhaustos, que estaban esperando la cena en el gran salón.

—¿Quieres felicitarme por cómo los he metido en cintura? —preguntó con su habitual tono chulesco.

—No, estás aquí por otro motivo —respondió la doctora ojeando unas notas.

—Bien, espero que no nos lleve mucho. Esta noche he decidido que voy a cocinar yo: espagueti con tomate, con una salsa que he preparado personalmente y que lleva cociendo toda la tarde. Los italianos adoramos la pasta, ¿sabes? He puesto una gota de aceite de oliva, una cabeza de ajo, cebollas picadas muy finas, guindilla y un manojo de hierbas aromáticas que he escogido con cuidado en el huerto...

—¡Para!

137

Claudio se calló. Rebecca no se había dirigido nunca a él en aquel tono. ¿Qué podía haber pasado? No le parecía haber hecho nada que justificase aquella salida. Bajó la cabeza y se metió las manos en los bolsillos de los viejos vaqueros como si buscase una forma de parar el golpe. Había entrado en el despacho convencido de que ella quería felicitarlo por el óptimo trabajo y, sin embargo, la situación estaba tomando un cariz en verdad desagradable.

Tocó algo con los dedos: una moneda de un euro. A saber desde cuándo estaba allí…

La doctora Stark seguía sin hablar, así que Claudio comenzó a girar en la mano aquel pequeño trofeo. Era un tipo de tarjeta de crédito y solo usaba dinero en metálico para apostar. Cuando tenía suelto lo dejaba en el vaciabolsillos de plata que tenía en la consola a la entrada de casa. Esto terminó por hacerlo pensar en su padre, que coleccionaba monedas. Antiguas, raras, de gran valor.

Una vez que no quería pedirle dinero, después de haber perdido un montón en una sala de apuestas clandestina en Corso Sempione, le había robado unas treinta sin remordimientos. Sabía dónde las guardaba y cómo sacarlas impunemente. Se había hecho con ellas y se las había vendido a un anticuario de Turín por un par de miles de euros. Una suma poco trascendental, pero suficiente para tener un respiro.

Se preguntó si el viejo Carrara habría llegado a descubrir el robo. Posiblemente sí. Era muy preciso, meticuloso. Y puede que también aquello hubiese contribuido a la decisión de enviarlo a la Sunrise…

—¿Te ha gustado mandar hoy? —le preguntó de pronto la terapeuta, sacándolo de sus recuerdos.

—¡Mucho! —contestó el abogado recuperando el control—. Hasta me podría acostumbrar…

Ella se quitó las gafas, que hasta aquel momento había llevado para consultar los documentos, y lo miró.

138

Él le sostuvo la mirada.

—¿Hay alguna otra cosa a la que podrías acostumbrarte?

—Mmm… Bastantes, la verdad.

—Dímelas, venga. No seas tímido.

—¿Tímido yo?

—¿Entonces?

—Me ha gustado ver a Lena humillada y arrodillada limpiando mi ducha.

—¿Qué te ha satisfecho en particular?

—No sé. Los músculos en tensión. La expresión feroz mientras me miraba y se veía obligada a frotar con la bayeta…

—¿Te ha parecido que la dominabas?

—Sí, exacto. Era mía: una leona plegada a mi voluntad.

Claudio se interrumpió porque la mujer se había levantado y había dado la vuelta al escritorio. La bata la favorecía, como los tacones altos que, por alguna extraña razón, calzaba. Zapatos de marca, muy sexis. Seguía mirándolo a los ojos, y él se asombró cuando la vio arrodillarse y comenzar a fingir que fregaba el suelo.

—¿Lena lo hacía así?

—Bueno, sí…

—¿Y te excitaba?

—Esto es parte de la terapia, ¿no, doctora?

Ella sonrió maliciosa.

—¡Obviamente! Pero fóllame deprisa, no tenemos mucho tiempo.

Claudio estaba anonadado por la velocidad con que se le había presentado la ocasión, pero también muy decidido a no dejarla escapar.

—La obedezco solo porque es mi médico —balbució comenzando a desabrocharle la bata.

—Cállate y ponte a ello.

139

Υ

El ruido despertó a Klaus de pronto: alguien llamaba a su puerta.

El hombre se puso lo primero que pilló, una camiseta de Metallica que había usado unos días antes. Llevaba ya los pantalones de un chándal negro a los que les vendría bien un lavado. En conjunto, le pareció que estaba presentable, también porque no esperaba a nadie especial. A aquella hora había dado ya el toque de queda en la Sunrise.

Cogió el llavero en forma de calavera de la cómoda y se acercó a la puerta gruñendo. Debía de ser aquel pelma chino. Lo iba a meter en cintura. «Pero no antes de haberle sangrado más dinero», pensó con una mueca dibujándose en su rostro.

Sin embargo, al abrir la puerta, se encontró de frente la cara pálida y tensa de Tim. El bróker tenía bolsas bajo los ojos y la expresión consumida de quien sufre abstinencia.

Klaus habría querido sonreír complacido. Antes de que llegasen había conseguido descubrir cuáles eran los vicios de sus queridos asistidos y, gracias a un par de buenos contactos en Bari, con la excusa de algún encargo, en los días anteriores a la inauguración se había hecho con todo lo necesario para empujarlos a la tentación y ganar algo de dinero.

—¿Qué quieres? Sabes que no puedes estar aquí a esta hora —lo atacó en voz baja para que nadie más lo oyese.

La habitación del manitas era la cuarta a la derecha del pasillo. Junto a ella estaba la de Dennis y, al fondo, la de la doctora Stark. El riesgo de que los descubriesen era alto.

—Jian me ha dicho que estás de nuestra parte —dijo el americano.

—Te ha informado mal. ¡Largo!

Tim no se movió. Completamente demacrado, sudaba y balanceaba la cabeza adelante y atrás.

—No, espera, me he expresado mal... —rezongó antes de abanicarle dos billetes verdes bajo la nariz—. Cien dólares por un par de tiros de coca, ¿qué dices? —preguntó casi implorando.

Klaus se apoderó del dinero con gesto rápido.

—Espera aquí —ordenó. Entornó la puerta y, después de un momento, volvió y le dio un sobrecito al hombre tembloroso que tenía ante él—. Y ahora, desaparece.

Tim asintió susurrando una retahíla de agradecimientos.

El gigante volvió a tumbarse en la cama, feliz del negocio que acababa de hacer. Disponía de una pequeña provisión de polvo y, si el bróker continuaba pagándosela así de bien, al final del mes de reclusión podría permitirse unas vacaciones de lujo.

Estaba deleitándose en aquellos pensamientos cuando oyó llamar a la puerta otra vez.

141

—¡Mierda! —estalló—. A este no me lo quito de encima...

—¿Ya te la has pimplado toda? —preguntó abriendo la puerta.

—¿Perdón?

Klaus frunció el ceño.

—¿Y tú qué quieres?

Ante él se había materializado Rosa, que se esforzaba por sonreír y parecer inocente.

—Yo...

—¿Tú qué? Vete a la cama, vamos. No tendrías que estar aquí.

Ella, sin embargo, no se movió. Es más, mostró todas sus cartas. Sacó de los vaqueros un billete de cien francos suizos y susurró:

—Esto es tuyo si me dejas tu móvil.

—Nadie puede tener móviles aquí.

La chica le regaló una sonrisa de entendida. Sacó otros cincuenta francos y añadió mirándolo fijamente:

—Y ahora, ¿qué me dices? Estoy segura de que eres un hombre de recursos…

Klaus asomó la cabeza y lanzó un veloz vistazo al pasillo: todo tranquilo.

—Está bien, entra.

Rosa, más bien a disgusto, se coló en la habitación. Olía a sudor y a alcohol aunque en teoría no se podían introducir licores en la clínica.

El hombre, mientras, había abierto un cajón del escritorio y había sacado una caja de metal. Dentro guardaba un móvil.

—Aquí tienes.

La chica alargó la mano con anhelo, pero él lo alejó en el último momento.

—Las reglas son que no lo puedes sacar de la habitación y que no puedes poner nada en tus perfiles sociales, ¿estás?

Ella apretó los dientes y luego asintió.

Klaus se lo tendió con una sonrisa de ogro.

—Está bien. Ahora un vistazo. Diez minutos como máximo.

—Pero…

—Eso o te vas ya.

Rosa se mordió el labio inferior y comenzó a teclear febrilmente en el teléfono.

Quince minutos después, el tipo se vio prácticamente obligado a arrancárselo de las manos y echarla.

—Vete a dormir —le ordenó.

Rosa lo saludó con un ademán obsceno y él volvió a cerrar con mucho cuidado de no hacer ruido.

La noche, al parecer, no tenía ganas de terminar, porque enseguida tuvo otra visita.

«Este es el chino —pensó—. Solo falta él.»

Se equivocaba.

Apenas entreabrió la puerta, lo asaltó la exuberancia de Julie. Llevaba una *négligé* de encaje negro y le saltó literalmente a los brazos, para besarlo en la boca.

Klaus la apartó de malos modos y sin gran dificultad, dada su mole mastodóntica.

—Primero el dinero —gruñó.

—¿Qué? —preguntó la francesa desorbitando los ojos.

—Si quieres que te satisfaga, tienes que pagarme.

Julie estaba atónita.

—Pero ¿tú me has visto, cacho paleto? ¿Quieres que te recompense por follarme? Podría ir donde quisiera.

—¿Sí? Pues yo creo que estás aquí porque sabes que no se lo contaré a nadie. Al contrario que los demás, que... —Julie suspiró—. No es nada personal, bombón. Si no te va bien, ahí tienes la puerta.

La mujer, en cambio, no podía resistir un minuto más. Vencida, sacó del sujetador un billete de cien euros y lo tiró despectiva al suelo.

—Ahí tienes, cabronazo. Me das asco, pero tengo demasiadas ganas...

El hombre sonrió viscoso mientras ella se tumbaba en la cama.

Si seguía así, aquellos adictos lo iban a convertir en un pachá.

143

12

Clínica Sunrise (Italia), actualidad

Sensaciones: la doctora Stark sabía muy bien que no tenían ninguna base científica. No obstante, confiaba ciegamente en su instinto, que siempre la había guiado. No le parecía, desde luego, el momento de obviarlas. Aquella mañana se había despertado con un mal presentimiento. En su profesión, seguir las intuiciones o sencillamente una sospecha no era una buena praxis, al contrario, estaba muy desaconsejado. Pero no había nada que hacer: tenía la clara sensación de que sus pacientes no estaban mejorando, sino al contrario.

Nada más terminar el desayuno, se había encerrado en su consulta a rumiar en completo silencio sobre ello, cuando alguien llamó a la puerta.

Era Dennis, que se presentó con dos tacitas de café.

—¿Puedo?

Rebecca sonrió y le hizo ademán para que se acomodase.

—Hemos llegado sin tropiezo al cuarto día —observó él poniéndose azúcar.

—Ya.

No era la respuesta que el enfermero esperaba.

—¿Estás segura de que va todo bien? Durante la cena estabas rara…

—Duermo poco. Solo estoy cansada…

—¿Seguro?

Rebecca no contestó. Podía confiar en su colega, pero prefirió no hacerlo. Era un tipo emotivo. No le pareció útil confesarle que, según ella, lo que estaban haciendo en la Sunrise no estaba funcionando. Ni mucho menos que se sentía inquieta porque las reacciones de los pacientes no eran las que esperaba. Estaban demasiado tranquilos, relajados. Todos excepto Jessica.

El único para el que tenía explicación satisfactoria era Claudio: el consuelo sexual lo habría distraído de su adicción. Pero ¿los otros? Después de setenta y dos horas habrían tenido que estar ariscos, insufribles, nerviosos de más… En resumen, como la cuerda de un violín. Pero no era así. Los había observado durante el desayuno. Sonreían y charlaban tranquilos unos con otros, en completa armonía. Decididamente, algo no funcionaba. Por lo pronto, no obstante, solo podía concentrarse en la única paciente que se comportaba según las expectativas: la joven holandesa.

—¿Qué pasa? —insistió Dennis.

—Jessica —susurró la psiquiatra—. Estoy preocupada por ella.

—¿Por qué?

—La veo demasiado encerrada en sí misma…

—Hoy será ella la que mande.

—Lo sé. ¿Le puedes decir que venga a verme? Quiero darle ánimo.

Dennis asintió, recogió las tazas vacías y salió en silencio de la consulta.

—¿Por qué estoy aquí otra vez?

Jessica no apartaba los ojos de la punta de sus zapatos. No había mirado a la psiquiatra desde que había entrado.

—Quería preguntarte cómo te sientes antes de empezar la jornada —dijo la doctora Stark—. ¿Va todo bien?

—Bueno, sí.

—No me parece que te lleves demasiado bien con el resto del grupo. —La mano de la chica fue a apoyarse en la venda—. Hoy vas a ser tú la jefa de equipo. ¿Estás lista?

Jessica se encogió de hombros como si no le importase. Se rascaba despacio el brazo vendado y seguía mirando al suelo.

—Ábrete y cuéntame lo que te preocupa. De mí te puedes fiar.

Rebecca no obtuvo ninguna reacción, aunque sabía que algo dentro de la paciente estaba reaflorando. Su mirada estaba concentrada en un rayo de luz que iluminaba una de las baldosas de terracota.

—¿Recuerdas cómo comenzó?

—Hay cosas que no se olvidan —respondió.

—Entonces, háblame de ello.

Jessica suspiró y revivió el horror.

Una tarde de lluvia y fuerte viento, de ese que viene del mar del Norte y corta el cutis y los pensamientos.

Ella estaba en su cuarto, estudiando con los cascos puestos. Se había metido en la cama porque el dormitorio estaba mal caldeado y las ventanas llenas de fisuras.

Había subido mucho el volumen y quizá por eso no se dio cuenta de que la puerta se había abierto a su espalda. El hombre entró sin hacer ruido. Llevaba pantalones de fustán y una camisa escocesa. Jessica, entonces, se quitó los cascos y le sonrió. Olía a tabaco y a alcohol. Le había acariciado la cabeza y luego, con un gesto rápido, se había metido en la cama, junto a ella.

Jessica se calló de golpe y comenzó a rascarse frenéticamente hasta que las vendas se pusieron rojas de la sangre que salía de las heridas.

—¿Qué sucedió entonces? —preguntó la doctora Stark cuando se detuvieron los dedos de la chica.

—Hizo lo que quiso, con toda calma. Cuando terminó, se levantó y se fue.

—Era tu padre, ¿verdad?

Asintió sin dejar de mirar la baldosa. Las lágrimas le bañaban el rostro.

—Corrí al baño. Para quitarme de encima su olor, lavarme la suciedad; pero no se iba. Y, entonces, la vi.

—¿Qué?

—La maquinilla de afeitar, con el mango de raíz, la cuchilla afilada... Primero corté el pijama y luego seguí. La sangre manaba y goteaba en el lavabo.

—Lo siento, yo...

—No tienes que sentirlo: me salvó.

—¿En qué sentido?

Jessica hizo una mueca antes de responder:

—Odiaba la sangre. Y las heridas. Pensaba que estaba enferma y se alejaba de mí. No estaba sana, le daba miedo...

—Así que has seguido...

—Sí. Y ahora no sé cómo parar...

Rebecca se le acercó y le tendió un pañuelo para que se secase la cara.

—No fue culpa tuya. Lo sabes, ¿verdad?

—Lo sé.

—Yo te ayudaré a curarte y vengarte.

Jessica levantó la cabeza de pronto.

—¿Vengarme?

La psiquiatra asintió seria.

—Eso es. ¿Dónde está escrito que la venganza no sea un sentimiento sano? Especialmente si sirve para borrar un dolor.

—¿Forma parte del método Stark?

—Sí, como la ley del talión de las Sagradas Escrituras.

—Empieza a gustarme.

Cuando la chica bajó las escaleras, se encontró a los demás pacientes ya reunidos en el salón. Sonreían y, en general, parecía que la espera no los había molestado.

El único con pinta de tener ansia por comenzar era Dennis, que le dio prisa.

—Vamos, asigna las tareas y pongámonos en marcha: ya hemos perdido demasiado tiempo.

Jessica insinuó una sonrisa.

—Sí, bueno, he pensado que para cenar podríamos hacer una parmesana… Una receta italiana muy rica. —Al hablar, había comenzado a rascarse con una mano la venda, mientras con la otra sostenía el folio con la lista de actividades que le había pasado el enfermero—. Hay que limpiar. ¿Alguien se ofrece voluntario?

—Nada de voluntarios —la reprendió Dennis—. Tienes que ser tú la que dé las órdenes.

—¡Eh! ¡Dale un respiro! —borbotó Lena—. ¿No ves que está nerviosa?

Los dos intercambiaron miradas feroces hasta que Jessica, después de respirar hondo, volvió a hablar con más seguridad.

—Está bien: decidiré yo. Claudio y Tim harán el huerto. Cocinarán Rosa, Julie y Jian; mientras que Lena y yo nos ocuparemos de las habitaciones y de limpiar.

—Esperaba haberme evitado los baños, visto que te he defendido… —protestó la alemana.

El enfermero sonrió complacido y Jessica bajó la mirada mientras los demás salían disparados a sus cosas.

ϒ

—¿Has terminado lo que tenías asignado?

—¿Freír berenjenas? Sí, claro. Y ha sido muy divertido.

La doctora Stark rio la ironía y también lo hizo Rosa.

Para hablar con la joven paciente había elegido un enfoque distinto: un paseo por los limoneros en vez del clásico cara a cara en su consulta. Tenía la impresión de que podía asustar a la chica si le recordaba la relación entre profesora y alumna, y de que eso la haría reacia a abrirse.

No era que Rosa Bernasconi fuese tímida, muy al contrario. Al menos si uno se fiaba de su historial clínico. Su actividad preferida consistía en hacerse mirar sin reparo a través de la cámara web y que le pagasen a cambio.

Rebecca había querido hablar con ella porque, como algunos otros de los adictos, no mostraba señales de colapso ni impaciencia. Era como si no echase de menos el móvil, y eso no era en absoluto positivo.

150 —¿Cómo te encuentras aquí? —preguntó la psiquiatra acomodándose en uno de los banquitos de piedra que adornaban el jardín.

La muchacha se limitó a encogerse de hombros.

—¿Qué es lo que más echas de menos?

—Internet, obviamente. Y mi teléfono.

—Entiendo. Es normal. Aunque viéndote, parece que casi no te importe…

La chica comenzó a mirar fijamente un naranjo. La psiquiatra conocía casi demasiado bien aquella técnica: desviar voluntariamente la mirada para ocultar algo. Lo que no entendía era cómo podía ser que pareciese tan tranquila, en vez de rebosar odio y saña por todos los poros. El día que había llegado, lo recordaba bien, había escupido veneno sin límites contra la madre: «¡Menuda hija de puta! —había gritado durante su primera sesión—. Me aparca aquí mientras papá está lejos, y ella se va a zorrear en Salento con las amigas».

Ignoraba, desde luego, que la madre estaba aterrorizada con el mero pensamiento de separarse de la hija, una adolescente difícil que se había perdido en la red empezando de broma, como habían hecho sus amigas, con alguna foto y vídeos sugerentes. La cosa se había hecho preocupante solo cuando había decidido mostrarse convertida en una *webcam girl* en Snapchat. Entonces había comenzado a pedir recargas telefónicas a cambio de los vídeos, cada vez más explícitos, cada vez más picantes.

La madre se había dado cuenta por casualidad un día que estaban en casa solas. Sospechando de los suspiros que oía, había entrado en el dormitorio de la chica sin llamar y la había sorprendido masturbándose en un chat ante un hombre que hacía lo mismo.

—¿Hay algo que quieras contarme? —la exhortó Rebecca.

—¿Como qué?

—¿Cómo te llevas con los demás?

—Estaría mejor en casa, con mi teléfono y mis amigos.

—¿Los que te hacen regalitos?

Un rayo chispeó en los ojos de la joven.

—¿Puedo irme? —dijo poniéndose de pie—. Tengo que ir a buscar tomates para la cena y cortar los calabacines y las cebollas.

—Vete, pero recuerda que estoy aquí si lo necesitas.

Rosa se marchó deprisa, casi corriendo, perdiéndose enseguida de la vista de la doctora, que negaba con la cabeza. Era evidente que aquella chica escondía algo, y estaba igual de claro que no confiaría nunca en ella: puede que le recordase demasiado a su madre.

Para comer, se sirvió el plato fuerte de la Sunrise: menestra de verduras. El resto de la tarde transcurrió para los

151

adictos lentamente, entre estacas que plantar para la nueva valla del huerto y otras actividades de mantenimiento en el jardín, hasta que se encontraron todos de nuevo en la mesa para la cena.

Ninguno tenía demasiadas ganas de hablar, salvo Tim, que por algún extraño motivo parecía particularmente eufórico.

—No está nada mal esta parmesana, mis felicitaciones a los cocineros —dijo.

—Si hubiese podido seguir la receta en YouTube, habría estado diez veces mejor —contestó Rosa.

—De hecho, es un asco —intervino Lena—. Solo alguien con la nariz cauterizada como tú puede encontrarla buena. Pero, tú, peque, le has puesto mucho cariño.

La adolescente le echó una mirada cómplice y la alemana sonrió intentando acariciarle la mano, pero la otra la retiró de inmediato, más bien avergonzada.

—Mejor unas narices como las mías que un par de brazos de estibador —gruñó Tim—. En una mujer dan impresión.

Lena estaba a punto de estallar cuando un grito de desesperación llamó la atención de todos.

Jessica se había levantado, pálida como la pared, y apretando los dientes había gritado:

—¡Basta! Callaos un rato. ¿No sois capaces de no tiraros a la yugular ni un minuto? Ya es bastante pesado soportar todo esto, las privaciones y las tensiones, sin tener que oír vuestros lamentos.

—Dijo Scarface —comentó sarcástico Claudio, y Julie contuvo una carcajada con esfuerzo.

La holandesa, en cambio, se fue corriendo, con lágrimas en los ojos.

—Esa te la podías haber ahorrado —lo reprendió la doctora, levantándose también para ir a consolarla.

Υ

El pasillo estaba sumergido en la oscuridad y en el más completo silencio.

Tim llamó con cuidado a la puerta y no pudo sino pensar que aquello se estaba convirtiendo en una agradable costumbre.

Los goznes apenas chirriaron y asomó la cara sonriente de la francesa.

—¡Ah! Así que has venido. Entra antes de que te vean.

La mujer agarró al estadounidense por la camisa y lo arrastró dentro.

Él habría querido contestar con una frase graciosa, pero no hizo falta que añadiese nada. Julie ya había tomado la iniciativa, arrodillándose y bajándole la cremallera de la bragueta.

—Y ahora dime si esto te parece una enfermedad…

153

Al final Rebecca se levantó y comenzó a vestirse deprisa.

—¿Hemos hecho las paces? —preguntó Claudio, aún tumbado en la cama.

Ella negó con la cabeza. Un momento y estaba casi lista, solo le faltaban los zapatos.

—Apuesto a que esto no es muy ortodoxo, ¿eh, doctora?

La psiquiatra lo fulminó con la mirada.

—Nada de apuestas —lo riñó—. En cualquier caso, esto no invalida la terapia. Tu problema no es el sexo. Es más, te ayuda a relajarte y a no pensar en tu dependencia auténtica. Así a lo mejor eres menos capullo con los demás. Jessica no podía dejar de llorar…

—Me has convencido. Y, ¿sabes?, casi casi me hace falta distraerme otro poco.

Hizo ademán de agarrarla, pero ella se zafó.

—Ahora tengo que irme —anunció, escurriéndose fuera del dormitorio—. Buenas noches.

Tim se apretó contra la pared y contuvo la respiración. Su experiencia con Julie había durado menos de lo previsto: un polvo rápido y furioso. Exprimido como un limón en un puñado de minutos y luego echado con cajas destempladas.

—Vete, estoy agotada —le había dicho antes de ponerlo de patitas en el pasillo.

Pero ahora las cosas se estaban complicando. La puerta del dormitorio de Claudio se había abierto y había salido la doctora Stark. Sería difícil justificar su presencia allí si ella lo veía. Puede que pudiera echarle lo mismo en cara, pero sería, en cualquier caso, muy bochornoso.

Por suerte, la psiquiatra no se giró, solo dio algunos pasos y llamó a la puerta de Dennis.

—Ah, eres tú —la recibió la voz del enfermero desde dentro—. Ya era hora… No podía aguantar más esperándote…

Ella entró y Tim comenzó de nuevo a respirar.

—Vaya con la doctora… —susurró.

13

Clínica Sunrise (Italia), actualidad

Rebecca se despertó de golpe y con el corazón martilleando como loco.

Durante unos instantes, se sintió confusa y desubicada: no recordaba dónde estaba. Intentó calmarse y enfocó lo que la rodeaba: estaba sola, en su cama, y alguien gritaba en el piso de abajo.

Bajó corriendo y encontró a los adictos de pie, junto a la puertecita blanca de servicio.

—¿Qué pasa? —preguntó jadeando.

Todos se volvieron a mirarla. Había bajado sin peinarse y con solo una vieja camiseta y un par de pantalones cortos que usaba para dormir.

—Se han largado —anunció Jian—. Eso es lo que pasa.

Los ojos de la doctora se detuvieron en el tablero de corcho: faltaban dos billetes de autobús.

—¿Quién ha gritado?

—¿No quieres saber quién ha huido? —la apremió Lena—. Me parece mucho más importante.

—Sí, bueno, ¿quiénes...?

La psiquiatra se interrumpió. Estaba aturdida y no había calculado que nadie abandonase la Sunrise. Claro, existía la posibilidad, pero no la había considerado nunca seriamente; estaba convencida de haber elegido a siete sujetos tercos, determinados, orgullosos incluso, que no cederían, que resistirían los treinta días. Era evidente que se equivocaba...

Fue Dennis quien puso orden.

—¡Callaos! —gritó. Luego, dirigiéndose a la terapeuta, intentó resumir la situación—. Rosa, en cuanto ha descubierto que se habían ido, ha comenzado a gritar como una histérica que también ella quería salir de aquí. Ya se ha calmado.

Las dos mujeres cruzaron una mirada. La de la chica estaba llena de odio, la de Stark cargada de compasión.

—Así que tenemos a los primeros desertores —comentó Claudio dando un mordisco a una manzana.

—Apenas cinco días y ya han abandonado —ratificó Lena.

Rebecca ya había entendido quiénes faltaban: Jessica y Tim. Sintió que se le oprimía el corazón, sobre todo, por la joven holandesa.

—Puedo entender a Jessica —susurró Julie, sacudiendo la cabeza—. Si pienso en la escenita de anoche... Pero el americano... estaba bien, parecía sereno. ¡No me lo puedo creer! —Mientras decía esto, se mordía el labio.

—No es de sorprender —intervino la psiquiatra intentando recuperar el dominio de la situación—. Estaba en el acuerdo, ¿no? No han resistido y se han ido... Vosotros, sin embargo, no tenéis que preocuparos: concentraos solo en vuestra recuperación, ¿entendido?

Ninguno parecía tranquilizado por sus palabras.

—Pero ¿a qué hora se habrán ido? —preguntó Jian—. Yo me he levantado prácticamente al amanecer y no he oído ningún ruido.

—Habrán tomado el primer autobús de la mañana... —sugirió Lena.

—También yo anoche quería… —masculló Rosa—. Es cada vez más duro seguir aquí.

La terapeuta esbozó una sonrisa.

—¡Ánimo! Lo estáis haciendo muy bien. No podéis abandonar ahora. Lo siento mucho por Jessica y Tim. Han demostrado ser más débiles de lo previsto.

Todos callaron como reflexionando sobre esa afirmación.

—En cualquier caso, yo por ellos no habría apostado… —intervino Claudio tirando el corazón de la manzana a la basura.

La psiquiatra censuró el chiste con la mirada, luego hizo una señal a Dennis, que intervino de nuevo:

—Fin del recreo —anunció—. ¡Vamos! A desayunar y prepararse para el día. Hoy hay que terminar de arreglar el jardín ¡Y deprisa! El cielo no me gusta nada.

El estruendo sordo de un trueno selló el comentario del enfermero, y todos se dirigieron con la cabeza gacha hacia el comedor.

El café borboteaba en la gran cafetera puesta al fuego. Para respetar el espíritu de dejar de lado la tecnología, se había optado por el clásico método italiano de preparar café, renunciando a las cápsulas. No le gustaba a ninguno, salvo a Claudio. Él había nacido y crecido con aquel polvo marrón amontonado en el inverosímil filtro de la cafetera. Era el encargado de servir el líquido hirviendo en las tazas y repartirlas a los demás.

—Bien, miradlo por el lado bueno: ahora que somos cinco tocamos a más.

Los demás le echaron una mirada asesina. Estaban sentados alrededor de la mesa, incómodos, y no tocaban la comida. Solo Lena se había puesto mantequilla en tres tostadas y las había bañado con mermelada de naranja.

—¿A quién le toca hoy mandar a los esclavos? —preguntó el abogado que, evidentemente, era el único a quien no le importaban los dos desertores.

—Quienquiera que sea, que me asigne una tarea pesada —dijo Lena—. Ya siento cómo se me acumula la grasa en los costados. Mirad esto...

Se levantó la camiseta y dejó al aire una serie de abdominales esculpidos y centelleantes.

—Es el turno de Rosa —intervino Dennis desde la cocina—. Le toca a ella repartir las tareas.

La chica se puso en pie de un salto, entusiasmada.

—¿A mí? ¡Guau! Por fin... Pues, vamos a ver... Yo me he dado cuenta de que adoro cocinar, así que no me moveré de los fogones. Jian: me apetece que tú cuides del huerto... Julie, ¡tú lo ayudarás! Os ocuparéis también de recoger la fruta.

—Los baños no, los baños no... —comenzó a repetir Claudio en voz baja como si fuese un mantra.

Rosa lo observó sonriendo antes de disparar el dardo envenenado.

—Bueno, si hubieses apostado, habrías ganado: a ti te toca hacer las camas y limpiar los baños...

—¡Cabronceta!

—¿Y yo? —preguntó Lena.

—Ah, para ti tengo una tarea especial...

La alemana la miró con pasión.

—Primero, traerás la carne del congelador —explicó Rosa sin dejar de mirarla— y, luego, me ayudarás en la cocina. ¡Ah! Si pudiese hacer vídeos... Llenaría Instagram de tutoriales.

—Ahora que tenéis vuestras tareas —la interrumpió Dennis dando palmas—, quitad la mesa y manos a la obra. No sé cuánto tiempo tendremos antes de que descargue la tormenta.

Υ

Los truenos habían ido aumentando en frecuencia y el cielo estaba negro como una noche sin luna.

—A fuerza de comer esto, me voy a convertir en una cabra… —estalló Julie.

Estaba arrodillada en el huerto y recogía lechugas con ayuda de una paletita.

Jian, que estaba junto a ella, le miró el trasero un momento antes de contestar:

—Una pécora, más bien.

La francesa lo miró con malicia.

—¡Vaya! Vas directo al grano, tú.

Él habría querido protestar, pero un potente trueno se lo impidió. Eran las diez de la mañana, aunque parecía que estaba anocheciendo de lo oscuro que estaba el cielo.

—Dentro de poco, llegará la lluvia; mejor nos damos prisa —balbució con pudor.

Ella asintió decepcionada y volvió al trabajo.

159

La doctora Stark estaba muy preocupada. Tras el descubrimiento de las dos deserciones, había vuelto a su cuarto para vestirse e intentar recuperar el control. El abandono de Tim y Jessica iba a ser un golpe duro para su método y su reputación. Sin contar con lo que pensaría Ivánov: «Cinco días y la Sunrise ya se desmembra».

No, la cosa no iba nada bien.

La puerta se abrió a su espalda, y entró Dennis con el café. Puso las tacitas sobre el escritorio y encendió la lámpara.

—¿Has visto qué tiempo? Pronto va a caer el diluvio universal.

Rebecca no dijo nada.

El hombre se le acercó y la abrazó por detrás. Ella lo dejó hacer.

—No me esperaba que Jessica se marchase. Me gustaba esa chica…

—No te tortures. Habíamos previsto que alguno nos dejase, ¿no? Tu método funciona. Mira a Ivánov: era un caso desesperado y se curó perfectamente.

La psiquiatra asintió. Tenía los ojos húmedos, pero Dennis no podía verlos.

—Espero que la holandesita consiga resolver sus problemas tarde o temprano.

Un trueno más fuerte tapó el sonido de su voz y la lluvia comenzó a surcar los cristales de la ventana.

El temporal estalló de repente y, en un abrir y cerrar de ojos, Jian y Julie estaban empapados.

—*Merde!* —imprecó la francesa.

El joven señaló la caseta del jardín que tenían a dos pasos.

—Vamos a refugiarnos ahí dentro.

Llegaron al prefabricado con la respiración agitada y se metieron dentro ya como una sopa. Aunque la casita de madera estaba llena de trastos, ofrecía bastante espacio para los dos.

—Parece la cabaña de Lady Chatterley, ¿no te parece? —observó la mujer.

Jian negó con la cabeza porque no lo había entendido.

Julie sonrió. Tenía aún en la mano la paleta con la que estaba cavando en la tierra y, cuando se dio cuenta, estalló en una carcajada, imitada enseguida por el chico.

—Ay, Dios mío, ¡qué tonta! Pero ¿qué estarán haciendo los otros? Estaban todos dentro, ¿no?

—Se morirán de risa cuando nos vean con estas pintas. Antes me ha parecido distinguir la cara de la doctora asomada a la ventana de su consulta. A lo mejor ahora nos está observando por alguna cámara.

La francesa arrugó la frente y echó un vistazo alrededor.

—No creo, ¿sabes? No parece que haya cámaras aquí...

También Jian miró a su alrededor. Le cayeron unas gotas del negro cabello. Julie le quitó un mechón mojado de la frente y luego lo miró a la cara.

—¿Tienes frío? —preguntó—. Estás temblando...

Él dudó un instante antes de asentir.

—Entonces, tienes que entrar en calor. —Rápida le metió una mano en los pantalones—. Uy, ¿qué tenemos aquí? —susurró—. No parece congelado...

Jian estaba desconcertado.

—¿Qué estás...?

—Chitón, pequeño. Deja a mamá... —Julie le había bajado la cremallera y el miembro de él le pulsaba entre los dedos—. No te pongas nervioso. ¿Tienes miedo porque no estás delante de una pantalla? Es cierto, aquí hay una mujer de verdad que tiene la intención de hacerte disfrutar... —añadió arrodillándose.

—No estoy acostumbrado a... —farfulló.

Luego, avergonzado, la agarró del pelo y la levantó. Pero se encontró los labios de la mujer contra los suyos. Los ojos llenos de excitación.

—¿Quieres cambiar de juego? —le preguntó ella separándose.

Jian respondió con una especie de murmullo y una mirada frustrada.

—Lo siento —susurró.

Julie negó con la cabeza y necesitó un momento para entender. Miró hacia abajo y volvió a mirarlo a la cara.

—Pero no, ¡mierda! ¡Eso no! ¡Speedy González no! *Merde!*

El muchacho, desesperado y rojo de vergüenza, abrió la puerta de la caseta y salió corriendo bajo la tormenta.

Υ

La doctora Stark dejó la taza de café y se asomó a la ventana. Estaba cada vez más inquieta y la escena que presenció la puso aún más nerviosa.

La lluvia caía cada vez más fuerte, por eso se asombró cuando vio a Jian saliendo precipitadamente de la caseta del jardín bajo aquel diluvio. El joven tenía una expresión desesperada y los pantalones a la altura de las rodillas.

—Pero ¿qué…?

El asiático avanzaba con esfuerzo, tropezándose con los pantalones, hundiéndose hasta los tobillos en el barro.

Llovía a cántaros y, en aquellos pocos minutos, un río de agua había comenzado a recorrer los caminos del huerto.

Jian estaba intentando llegar a la entrada de la casa seguido de Julie, que había salido como él de la caseta y lo seguía entre los charcos.

Mientras, el joven intentaba subirse los vaqueros como podía.

Ya casi había llegado al final del sendero que atravesaba el campo cuando algo lo hizo tropezar y acabó en el suelo, con la cara en el cieno.

Julie gritó, y también la psiquiatra en la ventana sintió un estremecimiento.

—¡Dios mío!

El muchacho de Hong Kong volvió a ponerse en pie e intentó entender cómo se había caído. Una raíz, tal vez. O quizás un apero abandonado por alguien. Lo que vio lo dejó petrificado. También Julie se quedó sin palabras. Luego se echó al suelo y, con las manos desnudas, comenzó a excavar alrededor de lo que parecía un pañuelo blanco.

No hizo falta mucho para tener una respuesta. Jian se inclinó y vomitó, mientras la francesa, en trance, continuaba revolviendo la tierra bajo el diluvio. Del fango habían salido un brazo envuelto en una venda y el pie de un hombre.

Las peores pesadillas de la doctora Stark se materializaron ante sus ojos, y ella se sintió desfallecer.

Por suerte, Dennis la sujetó al vuelo antes de que cayese al suelo.

—¿Qué pasa? —le preguntó.

—En el huerto —susurró la mujer—. Los han enterrado…

No consiguió terminar la frase.

El enfermero se inclinó para ver mejor. Julie cavaba impertérrita, como si no pudiese parar. Al final, descubrió los rostros de los dos cadáveres.

Dennis lo observó anonadado.

—¡Mierda! Son los…

—Sí, son los cuerpos de Tim y Jessica… —confirmó Rebecca.

El cielo y la habitación se inundaron de la luz intensa y violenta de un rayo, seguido de un fragoroso trueno, tras lo cual toda la clínica se sumió en la oscuridad más absoluta.   163

14

Clínica Sunrise (Italia), actualidad

$\mathcal{L}$os fusibles habían saltado y los gritos de los adictos resonaron llenos de miedo entre los muros de la casa.

La doctora Stark tardó unos instantes en recuperarse del shock, mientras Dennis, práctico y rápido en sus reacciones como de costumbre, se había precipitado escaleras abajo para ir a comprobar qué pasaba.

La psiquiatra se sentó y se concedió un segundo para reordenar sus ideas. De buenas a primeras, se había visto catapultada a una pesadilla. Sus certezas caían como un castillo de naipes. Su clínica, su método: todo destruido, enterrado como los cuerpos de aquellos dos pobres desventurados.

Cuando por fin consiguió levantarse, se dirigió a la planta baja. Las tinieblas lo envolvían todo y tuvo que esperar un poco hasta que se le acostumbraron los ojos a aquella extraña semioscuridad.

En el salón, envueltos en la penumbra, encontró a Julie y Jian enloquecidos.

—¡Ayuda! ¡Corred! —gritaba la francesa entre lágrimas.

El asiático, en cambio, había caído de rodillas, totalmente sucio de barro, y señalaba al exterior incapaz de decir una palabra.

Rosa estaba desfallecida en una silla y sollozaba.

PAOLO ROVERSI

—¿Por qué gritáis? —preguntó Claudio que llegaba del piso de arriba—. ¿Qué pasa?

Nadie se tomó la molestia de contestar.

Dennis estaba encendiendo velas y llevaba una linterna.

—¿Y bien? —insistió el abogado—. ¿Todo este drama porque se ha ido la luz?

—Ven conmigo —lo exhortó el enfermero.

Llevaba un paraguas.

—¿Ahí fuera? No estoy loco.

—¡Que vengas! ¡Es una orden!

Aquel tono no permitía réplica, así que Claudio suspiró y se resignó a salir al jardín bajo el diluvio.

Julie y Jian, mientras, se abrazaban llorando.

Rebecca, pálida y temblorosa, no lograba pensar en nada que no fuese el fin de su carrera.

—Vamos a ver —le anunció Dennis pasando a su lado. Claudio le hizo un gesto como pidiéndole explicaciones, pero la expresión aterrorizada de la psiquiatra lo llevó a cambiar de actitud.

El enfermero abrió el paraguas y los dos hombres salieron; de inmediato, los engulló la lluvia.

—¿Se puede saber qué cojones estáis haciendo?

Era Lena, que acababa de llegar en aquel momento con la respiración entrecortada. Al hombro llevaba un gran saco, que dejó en la mesa. Dentro había un pedazo de carne congelada.

Al verlo, Julie tuvo arcadas y Rosa comenzó a sollozar aún más fuerte.

El ambiente era surreal.

—¿Por qué está tan oscuro? —preguntó la alemana—. ¿El revolucionario método Stark prevé ahora una sesión de espiritismo?

Nadie le rio el chiste.

Solo entonces notó que Jian, sucio de barro, observaba algo por la ventana y que la doctora estaba de pie en medio de la sala, como ensimismada.

—¿Alguien me lo explica, por favor?

—Ha sucedido algo horrible —susurró Rosa.

La puerta se abrió de golpe. Claudio y Dennis volvieron a entrar, empapados hasta los huesos a pesar del paraguas, y con expresión de pesadumbre.

El abogado había perdido toda su chulería y se arrastró hasta una silla, en la que se dejó caer.

—¿Has visto un fantasma? —le preguntó Lena cada vez más irritada.

—Les han cortado la garganta —susurró Dennis con una voz que parecía proceder de ultratumba—. ¡A los dos! Degollados como animales...

—¡Dios mío! —gritó Rosa.

—¿Qué? —atronó la alemana.

—Han asesinado a dos de los nuestros.

—¿Cómo asesinado?

—Sí, justo eso —insistió el hombre—. Además, los han enterrado ahí fuera.

La mujer miró a su alrededor, aturdida.

—¿A quiénes?

—A Jessica y a Tim —respondió Jian.

—Los hemos encontrado enterrados en el barro —siguió diciendo Julie.

Estaban todos descompuestos y la más conmocionada era la adolescente.

—¡Quiero salir de aquí! ¡Quiero irme a casa! —gritó—. ¡Quiero un teléfono!

—Vamos a calmarnos todos —ordenó el enfermero, intentando controlar aquella crisis de nervios colectiva—. En cuanto vuelva la luz, tendréis vuestros móviles y llamaremos a emergencias.

167

—¿Quién los ha matado? —sollozó Julie—. ¿Quién puede haberlo hecho?

—No será difícil de averiguar —intervino la doctora, intentando mantener a raya las emociones—. En cuanto el temporal pase, miraremos los vídeos de las cámaras de vigilancia en mi ordenador. Seguro que han grabado al asesino mientras...

—Claro, en cuanto vuelva la luz —observó Claudio.

—Sí, ¿por qué no vuelve? —preguntó Rosa preocupada.

—Será una avería —sugirió Dennis.

—¿Y cómo vamos a pedir ayuda? —preguntó Jian—. Tenéis que darnos enseguida los teléfonos.

—En cuanto pase el apagón, los sacaremos —lo tranquilizó la psiquiatra.

—Pero ¿no podemos hacerlo ya? —insistió Lena.

—No, sin corriente, la caja fuerte no se abre. Está regulada por un mecanismo de seguridad que salta cuando hay una interrupción eléctrica. Creo que para evitar que los ladrones puedan manipularla y abrirla.

—¡Sí, cómo no! —ironizó Jian poniéndose en pie de un salto—. Por si Danny Ocean intenta robarnos los móviles. ¡Estáis como cabras!

—¿Qué hacemos? —preguntó el enfermero.

El asiático fue hasta el tablón y arrancó un billete.

—Yo quiero irme ahora mismo.

Abrió la puerta y salió a la lluvia.

Todos se acercaron a la ventana para mirar. A pesar de que era solo mediodía, la visibilidad era pésima.

El aguacero que estaba cayendo sobre la villa había formado ya una especie de torrente, que partía del portón principal y bajaba como una cascada hacia la casa, anegando lentamente el jardín y el huerto.

Los altos muros alrededor de la finca no hacían sino contener todo aquel líquido dentro, transformando la propiedad en un lago artificial. Aquí y allá había ya grandes pozas de agua estancada.

Pasado el jardín, el joven de Hong Kong arrancaba a andar por la cuesta de tierra ya convertida en un pantano impracticable.

—Apuesto a que no lo logra —comentó el abogado, helado de pronto por las miradas de desaprobación de los demás.

El aspirante a fugitivo, mientras, intentaba llegar al portón; pero, a cada paso, su equilibro se hacía más precario. Era como si el barro hubiese convertido el camino en jabón. Las zapatillas de deporte resbalaban como patines en el hielo impidiéndole seguir de pie. Aunque se debatió con todas sus fuerzas, después de caerse por cuarta vez, se vio obligado a rendirse y volver atrás.

—¿Habéis visto? —dijo sarcástico Claudio—. ¡Habría ganado!

El muchacho volvió a entrar empapado hasta los huesos y completamente cubierto de barro.

Dennis le tendió una toalla, con una risita.

—Aquí está el hijo pródigo.

—Tenemos que esperar que deje de llover —suspiró la doctora Stark dejándose caer en una de las butacas—. Y quedarnos juntos.

—¿Todos? —preguntó Lena, de pronto dudosa—. Porque me parece que aquí falta alguien más.

—Tienes razón —intervino el abogado poniéndose de pie—. ¿Dónde está el bucéfalo de Klaus?

—Se habrá quedado atrapado en algún sitio... —se arriesgó Julie.

—Sí, en Mordor —rio sarcástico Jian, que intentaba recuperar un poco de dignidad tras su fuga fallida.

El enfermero se acercó al hueco de las escaleras y comenzó a llamar:

169

—¡Klaaaus! ¡Klaaus!

—Sé por qué no responde —interrumpió Julie. Todos se volvieron a mirarla—. Se los ha cargado él. Y ahora se ha ido.

Por un instante, nadie dijo nada, casi como si quisieran exorcizar la hipótesis antes de que se convirtiese en histeria colectiva.

—Tranqui con las acusaciones —protestó Dennis, intentado atenuar el tono—. Estoy seguro de que hay una razón válida para su ausencia. Estará en algún sitio. Klaus es un hombre en el que se puede confiar, ¿verdad, doctora?

—¡Claro! —confirmó ella—. ¿Cómo podéis pensar siquiera que…?

—Porque os traiciona —la interrumpió Julie—. Desde el primer día. Y en vuestras narices.

Los dos colegas se miraron incrédulos.

—¿Qué quieres decir? —preguntó la psiquiatra.

—Esconde un móvil… —anunció Rosa—. Lo sé porque me lo dejó usar… Si lo encontramos, podremos pedir ayuda.

—¿Cómo que tiene un móvil? Es imposible —contestó la doctora incrédula.

—Sí, lo tiene —rebatió Jian—. También yo lo he visto.

Dennis lo agarró por la pechera de la camisa.

—¿Qué nos ocultas, chinito?

La muchacha y el joven de Hong Kong se intercambiaron una mirada culpable.

—¿Qué sabéis vosotros dos que no sabemos nosotros? —insistió Rebecca.

—Ya os lo he dicho —repitió Julie—. Klaus nos hacía pagar por… Bueno, eso… por satisfacernos. A Tim le vendía droga, a Rosa le permitía usar el teléfono…

—No puedo creerlo —estalló el enfermero—. No puede ser que…

—No es el santo que creéis. ¡Juega a dos bandas! —añadió Julie—. Y me folló como un animal la otra noche. Pero también tuve que pagarle. Estoy segura de que ha extorsionado también a los demás, ¿no?

—¿Qué?

Lena agarró a Jian por los brazos y lo sacudió como una muñeca.

—¿Entonces? ¿Es verdad lo que dice esa zorra ninfómana?

—Cállate, bollera amorfa... —replicó la francesa.

El asiático asintió con vergüenza, mientras Dennis se interponía entre él y Lena.

—Tranquilízate —le ordenó.

Ella levantó las manos en señal de rendición y se alejó un paso.

—Está bien. Pero recuerda que, al final de todo esto, arreglaremos cuentas...

La doctora Stark estaba estupefacta: un saboteador en su clínica y ella no había tenido ni un atisbo de sospecha. 171

Sin embargo, intentando mirar la situación desde otro punto de vista, puede que consiguiera aún salvar su reputación descargando en aquel energúmeno la responsabilidad del fracaso. Estaba ya reconstruyendo los acontecimientos en su mente: Tim había amenazado con denunciarlo y Klaus lo había matado; quizá Jessica había visto algo y entonces...

—¿Qué hacemos ahora? —preguntó Claudio.

La psiquiatra intentó reaccionar.

—Más tarde, aclararemos todo lo que nos habéis contado —dijo con autoridad en la voz—. Ahora, si de verdad Klaus tiene un móvil, tenemos que encontrarlo enseguida.

—Vamos a buscarlo —ordenó Dennis.

—Luego arreglaremos cuentas —concluyó Rebecca echando una mirada glacial a Rosa.

—Esperad un momento —los detuvo Claudio—. Si ese cavernícola ha matado a Tim y a Jessica, yo no quiero encontrármelo sin un arma.

Era una objeción razonable y en el salón se hizo de nuevo el silencio. El único ruido era el de la lluvia que golpeaba feroz los cristales.

Dennis asintió.

—Tienes razón, venid conmigo.

Se dirigió a la cocina, seguido por todo el grupo en fila india.

La doctora Stark lo sujetó de un brazo y lo obligó a mirarla.

—¿Estás seguro de lo que haces?

—Si ese gigante ha degollado a dos personas, es mejor no enfrentarnos a él con las manos vacías.

Ella suspiró y asintió.

Dennis abrió el cajón de los cubiertos y comenzó a repartir cuchillos a todos.

15

Clínica Sunrise (Italia), actualidad

*E*l piso superior de la casa estaba completamente a oscuras. Ninguna ventana iluminaba el pasillo, así que, para seguir, tuvieron que fiarse de la linterna que Dennis sujetaba.

El haz de luz iluminaba la hilera de puertas cerradas. Habían ido a explorar el enfermero, la doctora, Claudio y Rosa, porque —según decía— sabía dónde guardaba el móvil el manitas.

Llegaron a la puerta de Klaus sin decirse nada. Cada uno apretaba en la mano un cuchillo de cocina y la escena, vista desde fuera, suscitaba en la psiquiatra cierta inquietud. Era difícil que, tras una experiencia así, aquellos pacientes no fuesen a recaer en sus adicciones.

—Es ridículo —susurró—. Klaus es uno de los nuestros... ¡No nos haría daño!

El enfermero llamó con fuerza a la puerta.

—¡Eh! ¿Estás ahí?

No llegó ninguna respuesta de dentro.

La doctora Stark cogió la linterna y, mientras, Claudio y Dennis intercambiaron una mirada de acuerdo y echaron la puerta abajo con un empujón.

La habitación estaba vacía.

—No está aquí —suspiró Rebecca decepcionada.

—Tal vez ha escapado después de matarlos —sugirió Rosa asustada.

—Mejor bajamos al salón con los demás —ordenó la terapeuta.

Dennis fue el primero en salir, pero el abogado se paró a trastear en la cómoda y el escritorio.

—¿Buscas algo? —le preguntó la doctora iluminándole la cara.

—¿No había un móvil? —replicó él—. Estamos aquí por eso, ¿no?

—¡Tienes razón! —apremió Rosa, que, sin añadir nada más, agarró la linterna para hurgar en los cajones.

—Quita —ordenó, y Claudio se hizo a un lado timorato.

La psiquiatra siguió con los ojos las manos pequeñas y rápidas de la chica, que removió tarjetas, rollos de billetes de diversos países y trastos varios hasta que el tesoro emergió de una cajita de metal.

—¡Aquí está! —anunció eufórica Rosa mostrando el móvil.

Hubo una especie de ovación y Rebecca, sonriendo, dijo:

—Por fin podemos pedir ayuda.

Pero la joven suiza había ya cambiado de actitud y la decepción se le había pintado en el rostro.

—¡Joder! No funciona…

—¿Cómo que no funciona? —preguntó Claudio—. Déjame ver.

—Mira. No hay señal… La tormenta habrá hecho saltar el repetidor. Estamos aislados.

—Han matado a dos personas y nosotros estamos aquí atrapados… —La voz de la muchacha estaba teñida de tensión mientras grababa con el vídeo del móvil—. No podemos salir porque estamos aislados. No hay ni luz ni teléfono…

—¡Eh! Pero ¿qué haces? Apaga y ahorra batería —la riñó la doctora Stark quitándole el móvil.

Habían vuelto al salón y pretendían darse ánimo intentando entender dónde podía haberse escondido Klaus, aunque la mayoría creía que había huido después de cometer los asesinatos.

Claudio había encendido fuego en la chimenea. Dos leños chisporroteaban calentando la sala. Quien aún tenía puesta ropa mojada, ahora se podría secar.

Dennis, mientras, había recuperado los cuchillos y los había vuelto a guardar ordenados en el cajón.

—¿Me das el móvil? —lloriqueó la suiza.

—Ni hablar —la riñó Claudio—. Me lo quedo yo —añadió, intentando quitárselo a la psiquiatra que, sin embargo, fue veloz para retirar la mano.

—¡No! Lo guardará Rosa.

—Pero ¡es una locura! —protestó el abogado—. Es como si me das una mesa de póquer sin poder apostar…

—Yo lo conseguiré —intervino la joven entreviendo una esperanza.

La doctora Stark los miró a ambos a la luz titilante de las velas. Las personas que tenía delante estaban enfermas y ella tenía el preciso deber de ayudarlas a curarse a pesar de la trágica situación a la que se enfrentaban. Observando los ojos de la chica y las manos que se retorcía, comprendió que debía darle una oportunidad. Necesitaba que la gente se fiase de ella, así que Rebecca suspiró y le tendió el teléfono a Rosa bajo la mirada de desaprobación de Claudio y los demás adictos.

—Es una tarea importante —le explicó—. Guárdalo y conserva la batería. Sé que es una tentación para ti, pero estoy convencida de que eres capaz de resistir.

—Gracias —murmuró la otra saltándole al cuello para abrazarla.

—No me decepciones.

—¡Bah! Apuesto a que nos va a decepcionar a todos —murmuró Claudio y, por una vez, Lena y Julie le dieron la razón.

La tarde se hizo noche sin que la lluvia diese señales de escampar.

Los adictos la pasaron juntos, acurrucados ante la chimenea, todos atentos a que la llama no se apagase y cada uno perdido en sus pensamientos: tal vez sentían nostalgia de su vicio.

El jardín y el huerto parecían ya un pantano. También el patio, con sus cuatro olivos centenarios, se había convertido en una especie de estanque. Era todo culpa de los muros que rodeaban la mansión e impedían al agua fluir, atrapándola dentro de la cuenca natural en la que se levantaba la Sunrise.

La cuesta que llevaba al portón era un torrente en continuo movimiento, una larga y cenagosa extensión de barro; aventurarse a salir habría sido peligroso para todos.

La corriente eléctrica no había vuelto aún y tampoco la línea telefónica se había restablecido.

La doctora Stark, en un intento de devolver algo de serenidad al grupo, había propuesto cenar. Los pacientes habían acogido la idea con gusto, también porque nadie se había metido nada entre pecho y espalda desde la mañana.

El menú fue de lo más sencillo: verduras aliñadas con aceite de oliva.

Rosa, tragando un trozo de tomate, volvió a hacer de zahorí con el móvil: llevaba toda la tarde intentándolo.

—¡Nada! Aún no hay cobertura y la batería casi se ha agotado…

—Si no lo encendieses cada dos minutos, la ahorrarías —la atacó Lena.

—A saber cuánto has estado jugando —intervino Claudio—. Ha sido una locura dejártelo a ti.

—¡Basta! —gritó Dennis—. Discutir no ayuda.

Rebecca se levantó y todos se volvieron a mirarla.

—Entiendo vuestro nerviosismo —suspiró en tono conciliador—. Y os pido solo un último esfuerzo. Mañana se resolverá todo, estoy segura. Volverá la electricidad, dejará de llover y podremos irnos de aquí.

—¿Irnos? —preguntó la alemana.

—No creo que la terapia pueda seguir después de lo que ha sucedido.

—Diría yo que no —convino la otra con cierta complacencia.

El enfermero asintió con tristeza y Julie suspiró.

—Habría podido apostar a que no llegaríamos al final de este asunto —criticó Claudio.

Lena bufó y terminó las verduras que el abogado tenía en el plato.

Jian alargó la mano bajo la mesa y tomó la de Rosa, que le devolvió el apretón.

—En fin —continuó la psiquiatra—. Ahora que hemos aclarado esto, será mejor que nos vayamos a dormir.

—La verdad —la interrumpió Rosa preocupada—, tengo miedo de estar sola…

Varios estuvieron de acuerdo.

—Había pensado, de hecho —dijo la psiquiatra—, que organizásemos dos dormitorios colectivos.

Y, dicho esto, se dirigió a las escaleras con la linterna en la mano.

Los otros la siguieron buscando no quedarse atrás.

ϒ

El pasillo estaba ahora iluminado por varias velas y los adictos se ocupaban de transportar sábanas y almohadas.

—Entonces —dijo la terapeuta en voz alta para que la oyesen todos—, yo dormiré con las chicas. Lena, Julie y Rosa, os venís a mi cuarto, que es más grande, aunque seguramente hará falta otro colchón. Dennis, tú, en cambio...

—Él dormirá con Jian y conmigo, ¿no? —la interrumpió Claudio.

—Exacto.

—Habría podido apostar.

—¿Estás segura? —preguntó el enfermero—. ¿No sería mejor que uno de los hombres durmiese con vosotras?

—No te preocupes —lo tranquilizó la doctora—. Las chicas sabemos cómo defendernos, ¿verdad?

—Y tanto —confirmó Lena, con un colchón al hombro que había sacado de una de las habitaciones—. Que Klaus intente entrar...

—Lo sabemos. Conocemos tus antecedentes —comentó el ayudante de Rebecca.

Lena dio un paso hacia él, que, por su parte, se apresuró a salir del dormitorio sin prestarle atención.

—¿Tienes antecedentes? —le preguntó Claudio.

—No me pongas a prueba, lechuguino.

El abogado reculó sin añadir nada más. Decididamente, no quería estar en los zapatos del bucéfalo ante aquella hiena todo músculo y testosterona.

Cuando estuvieron solas, Rosa comenzó a llorar en silencio, apretando el móvil contra el pecho como si fuese un amuleto.

—¿Creéis que volverá para matarnos?

Lena se inclinó junto a ella y le acarició el pelo con un gesto extrañamente dulce.

—No te preocupes. Si ese cavernícola pone un pie aquí dentro, le arranco un brazo.

Julie, mientras, tenía la mirada perdida al otro lado de la ventana. Era noche cerrada y la lluvia seguía cayendo a cántaros.

—A saber dónde se esconde…

—Para mí que se ha ido.

—Espero que tengas razón, Lena. Mirando este diluvio, me dan escalofríos…

La alemana se le acercó y la abrazó por detrás.

—No te preocupes, estoy yo para protegeros…

La otra sonrió tímidamente y se deshizo del abrazo.

Lena comprendió la indirecta, meneó la cabeza contrariada y se echó al suelo a hacer flexiones.

—No deberías. Lo sabes, ¿no? —intervino la doctora Stark, que había asistido en silencio a la escena.

—Estoy nerviosa, ¿vale? Y, cuando estoy así, me entreno para descargar la tensión. ¿Qué problema hay? Total, mañana nos vamos todos de aquí.

La psiquiatra se sentó en la cama y tomó aire antes de decir:

—Sé que es duro. Esta prueba a la que nos enfrentamos también me descoloca a mí. Ahora, sin embargo, estamos a salvo: basta que sigamos unidas. Vamos a intentar dormir. Estoy segura de que alguien vendrá a socorrernos. Lena, por favor, no hace falta.

—Vale, lo dejo. En cualquier caso, yo duermo en el suelo.

Hacía mucho calor en la habitación. Tanto Dennis como Claudio se habían quitado la camiseta y estaban tumbados con el torso desnudo y en silencio en sus respectivos colchones.

—Sería bueno hacer turnos de guardia —sugirió el enfermero.

—¿Tanto miedo tienes de que ese australopitecus venga a matarnos mientras dormimos?

—Solo decía que sería más prudente…

—Somos tres. No conseguiría nunca ganarnos a todos.

—Me preocupan las chicas.

—Ay, qué buen corazón.

—Déjalo, capullo.

—En cualquier caso, están justo aquí al lado. Si sucede algo, lo oiremos y podremos intervenir. Sin contar con que tienen a «Lena, la hiena» con ellas.

—Puede que tengas razón…

Claudio se apoyó en un codo y se volvió al ayudante.

—¿Desde hace cuánto tiempo trabaja Klaus para vosotros?

—En realidad, desde hace poco. Nos lo recomendó un hombre de muchísima confianza…

—¿El ruso dueño de esta barraca?

—Precisamente.

El abogado asintió, luego se levantó y abrió la ventana. La lluvia mojó el suelo.

—Pero ¿te has vuelto loco? —gritó el enfermero y se apresuró a cerrar.

—No, solo tengo calor. Aquí nos vamos a asfixiar. ¿Por qué hemos elegido mi cuarto?

—En el mío hay demasiado caos… ¿Qué es de Jian?

Claudio suspiró, luego se acercó a la puerta del baño y llamó con fuerza.

—¡Eh, Jian! ¿Qué coño estás haciendo?

—Casi he terminado… —jadeó el muchacho—. Ya salgo.

—Sí, pero primero lávate las manos y límpialo todo.

Dennis se echó a reír.

—Apuesto a que ya has entendido por qué estamos en tu cuarto...

—A tomar por culo —protestó Claudio—. Yo apuesto solo cuando estoy seguro de ganar.

—Claro. Y yo soy la madre Teresa de Calcuta.

16

Clínica Sunrise (Italia), actualidad

Rebecca no se había imaginado así el sexto día en la Sunrise. Según sus planes, alguno habría debido de mostrar ya sensibles progresos. Pero se habían visto todos catapultados a aquella situación terrible que empujaría a los adictos a recaer en su vicio.

La psiquiatra se asomó a la ventana: donde antes estaban el jardín y el huerto, ahora se extendía una especie de aguazal ininterrumpido, y la cuesta que llevaba a la entrada de la propiedad se parecía cada vez más a una colada de barro.

Lo que más le preocupaba, sin embargo, era el nivel alcanzado por el agua, que rozaba ya el séptimo de los ocho escalones de la puerta principal. Otros quince centímetros y entraría en la casa. Llegado ese punto, ¿qué iban a hacer? ¿Refugiarse en el piso de arriba a la espera de que los rescatasen?

Negó con la cabeza y alejó el pensamiento. «No, dejará de llover y todo volverá a la normalidad», se dijo.

La noche había transcurrido sin sobresaltos aunque nadie había pegado prácticamente ojo. A cada ruido, a cada suspiro, se alertaban convencidos de que Klaus había vuelto para completar su obra. Había sido un tormento llegar al amanecer con el diluvio que no cesaba y aún sin electricidad.

Se habían despertado más o menos a la vez y, como las habitaciones estaban parcialmente iluminadas por la luz del día, la doctora Stark había decretado un rompan filas para que pudiesen encontrar un poco de intimidad en sus respectivos baños. Tras una noche como aquella, era necesario que todos disfrutasen de un ratito a solas, además de darse una ducha.

—Pero daos prisa —les pidió—. Media hora y os espero abajo para el desayuno.

Se había lavado ya y había bajado tres minutos antes de la hora convenida. El fuego de la chimenea se había apagado y, sentados a la mesa, con la mirada perdida en el vacío, estaban Rosa, Lena y Claudio.

—No deja de llover —observó la chica.

—«No llueve eternamente.»

—Ahórrame las citas doctas, Claudio —le riñó Lena.

—No son doctas; como mucho, clásicas, como *El cuervo*.

—¿Ha vuelto la corriente? —preguntó la psiquiatra.

—No —respondió Rosa. Luego, enseñando el móvil, añadió—: Y tampoco han reparado los repetidores.

La doctora suspiró. Dennis salió de la cocina llevando más velas a la sala.

—No quedan muchas…

—¿Alguna buena noticia?

—El gas funciona —respondió el abogado, que gracias a unas cerillas había conseguido poner la gran cafetera al fuego—. Al menos, no nos faltará café caliente.

Jian, que llegaba a la carrera, descompuesto y jadeando, le golpeó el brazo e hizo que se le cayese la taza que tenía en la mano.

—Pero ¿qué te pasa? ¡Ten cuidado!

—Del tablón falta otro billete —articuló con esfuerzo el asiático, sin prestar atención al accidente que había causado.

184

—Será el que arrancaste tú ayer cuando dijiste que te ibas, antes de rendirte... —se burló Dennis.

—¡No! Este es el mío —protestó él mostrándoles el que llevaba en la mano—. Lo iba a dejar en su sitio y me he dado cuenta de que faltaba otro.

Todos se pusieron de pie de un salto y corrieron hacia el tablón.

—¡Mierda! Hay tres billetes —constató Claudio.

Rosa se echó a llorar.

—El asesino está jugando con nosotros. ¿Por qué lo ha quitado?

Un escalofrío le recorrió la espalda, y Lena fue rápida a abrazarla y apretarla contra ella para darle consuelo.

La psiquiatra intentó mantener la sangre fía para que la situación no degenerase, aunque era presa de una duda atroz.

—¿Quién falta? —preguntó con voz temblorosa.

—¡Joder! —suspiró Dennis.

—¡Julie! ¿Dónde está Julie? —preguntó Jian.

—Vamos a su cuarto —ordenó Rebecca.

Los otros asintieron y la siguieron en fila india.

Decididamente, aquel sexto día se lo había imaginado de otra manera.

185

«Nadie se ha acordado de los cuchillos.»

Aquel pensamiento atravesó la mente de la doctora nada más llegar ante la habitación de la ninfómana.

«Ya están acostumbrados —se dijo—. Al riesgo, a la adrenalina, a la tensión. El espíritu humano es así. Incluso en las peores situaciones se adapta y prevalece el instinto de supervivencia. De otra manera, nadie habría logrado salir vivo de los campos de concentración. Se aprende a aguantar, incluso con inconsciencia y desprecio del peligro.»

Sin armas de defensa, sin embargo, tenía la impresión de que eran corderos que se metían en la boca del lobo, como lo eran las víctimas de Richard Benjamin Speck, el asesino en serie estadounidense que había raptado, violado y matado con su cuchillo a ocho alumnas de enfermería del South Chicago Community Hospital el 14 de julio de 1966.

Aquel caso había sido uno de los primeros que Rebecca había estudiado en los textos de psiquiatría.

La furia criminal de Speck había durado apenas dos días, el 13 y el 14 de aquel mes, y lo habían detenido el 17 gracias al testimonio de una novena víctima, que se había escondido y logrado huir de la masacre. La chica había dado a los investigadores una descripción detallada del asesino, explicando que llevaba en un brazo un tatuaje que decía BORN TO RAISE HELL. Aquel detalle había resultado decisivo para capturarlo.

La doctora Stark había aprendido entonces que el uso del cuchillo y, más en general, de las armas blancas, tiene un significado psicológico preciso, de sustitución o refuerzo de la función del miembro masculino. No es raro, de hecho, que los asesinos en serie aficionados a dicho género de armas sean completamente impotentes: la hoja se convierte en un sustituto del órgano sexual para la penetración en el cuerpo. Por eso muchos asesinos en serie concentran las puñaladas en el pecho de la mujer o en la región vaginal, quieren destruir así los símbolos de la feminidad que tanto los asustan.

Dennis tocó el brazo de la terapeuta, apartándola de sus pensamientos.

—Estamos. ¿Lista?

Ella asintió, y el hombre abrió la puerta de una patada.

Lena se lanzó al interior como una furia, seguida por el enfermero; ambos determinados a saltar sobre Klaus. Pero no hizo falta.

Rosa gritó tapándose los ojos, Jian rompió a llorar y Claudio no logró proponer ninguna de sus apuestas porque la escena que tenían ante ellos era espeluznante: el cadáver de Julie yacía desnudo sobre la cama, con la boca abierta y la lengua colgando. En la cara tenía una expresión tan horrible que hasta la psiquiatra sintió la necesidad de apartar la vista y apoyarse en la pared para recuperar el aliento.

—La han estrangulado —susurró Dennis.

—Otro golpe de Klaus… —comentó amarga la alemana, mirando a su alrededor como una fiera enjaulada.

—Debe de estar escondido en algún sitio dentro de la clínica —sugirió el abogado preocupado.

—Dios mío —Rosa comenzó a temblar, y la doctora la abrazó para tranquilizarla.

—Si las cámaras funcionasen aún… —suspiró mirando a través de la ventana empañada por la lluvia.

El enfermero se acercó al cadáver. Le tomó el pulso, luego negó con la cabeza despacio. —Pero ¿no había dormido con vosotras? —preguntó Jian mirando a las mujeres.

—Sí, claro —confirmó la chica—, pero luego hemos bajado a desayunar y… ¡Dios mío!

Se tapó la boca y no pudo parar de llorar.

El joven asiático intentó consolarla, pero ella estaba descompuesta y escapó escaleras abajo.

—¡Tengo que irme de aquí! —gritó—. O terminaréis por matarme.

Lena y Jian se lanzaron tras ella y, al llegar a la puerta, tras un instante de duda, salieron a la lluvia que caía aún sin cesar. Enseguida quedaron empapados de pies a cabeza. Aunque Rosa seguía intentando correr, en aquel lodazal que le llegaba prácticamente a la cintura era imposible. Se le hundían los pies y avanzar tan solo unos metros resultaba una empresa épica. Apretando los dientes, la imparable Lena intentaba agarrarla.

Los otros adictos se habían asomado a la ventana de la habitación de Rebecca para ver la escena.

—¡Volved! —gritó la doctora.

Lo que había sido el camino que cruzaba el huerto y llevaba a los limoneros no era ahora más que un desagüe lleno de agua turbia, de la que despuntaban las ramas arrancadas de los frutales. Y la cuesta a la verja estaba prácticamente derrumbada, lo que hacía imposible la fuga.

—No conseguiremos nunca llegar al portón —jadeó Jian.

Rosa lloraba de miedo y desesperación. Se paró y los otros dos la alcanzaron. Los tres se tomaron de la mano e intentaron seguir avanzando, con ritmo, animándose unos a otros.

No habían llegado siquiera a la mitad del camino cuando Jian suspiró:

188

—No lo conseguiremos nunca…

—Tienes razón —confirmó Lena, con los dientes apretados—. ¡Volvamos! Hasta que no deje de llover, es inútil.

Rosa intentó dar algún otro paso, pero estaba agotada.

—De acuerdo —se rindió dejando que la arrastrasen de vuelta.

Un rayo los iluminó y un trueno resonó fiero sobre sus cabezas.

La chica, cada vez más asustada, aceleró para llegar rápido a la casa, pero perdió el equilibrio y terminó bajo el agua.

Lena se sumergió para recuperarla, pero el cuerpo que sacó a flote no tenía en absoluto el aspecto de la joven suiza.

Era Klaus, y estaba muerto.

—Han asesinado también al manitas.

La alemana lo anunció mientras dejaba a Rosa en el

suelo, después de haberla llevado en brazos hasta la casa. Estaba sucia de barro de la cabeza a los pies y sollozaba.

Jian no estaba mucho mejor: empapado y hecho polvo, se encontraba en shock y era del todo incapaz de hablar después de haber visto el cadáver de Klaus, hinchado, con los ojos fuera de las órbitas y la garganta rajada.

Una arcada lo obligó a salir corriendo de nuevo para vomitar.

Dennis los observaba sin conseguir decir nada. Había llevado toallas, que repartió entre los tres, mojados como patos, y luego se esmeró en volver a encender la chimenea.

—Este lugar se ha convertido en la clínica de los horrores —susurró Claudio, y nadie lo contradijo.

Rosa se liberó del abrazo de Lena dejándose llevar por una crisis histérica: gritaba, lloraba, pataleaba.

La doctora Stark la tomó de la mano y se la llevó a la consulta. De un cajón sacó unas pastillas.

—Te calmarán —le explicó dándoselas.

La muchacha las tragó entre lágrimas, mientras la psiquiatra sentía un nudo en la garganta. Con aquel gesto renegaba definitivamente de su método. «Si comienzas a sedar a los pacientes, es el fin; ya no se fiarán —pensó con un gesto de negación—. Pero la terapia se ha ido ya al infierno. Qué más da atiborrarlos de fármacos para ayudarlos a estar tranquilos.»

—¿Mejor? —preguntó—. Verás, harán efecto enseguida. Ahora bajemos con los demás.

Cuando volvieron a la cocina, el abogado estaba preparando más café, mientras Jian, Lena y Dennis se habían colocado alrededor del fuego, en silencio.

—Entonces —dijo serio Claudio, sentándose en una de las butacas—, si también Klaus está muerto, significa que el asesino es uno de nosotros. Por eso, desde este momento, nadie puede quedarse solo. Por ningún motivo.

189

—¡Eh! Para el carro —lo interrumpió Lena—. ¿Quién ha decidido que eres tú quien manda y lleva la investigación?

—Soy penalista y he defendido a asesinos. Estoy familiarizado con los métodos de investigación de la policía. Y, por tanto, soy el más adecuado...

—Tenemos un Sherlock Holmes... —suspiró Jian, que estaba recuperando un poco de color.

Rosa se movió de repente y saltó sobre Claudio como una fiera, señalándolo con el dedo.

—¡Tú has matado a Julie!

—¿Qué cojones dices? —gritó él—. ¿Te has vuelto loca?

—La has matado tú. Te he visto.

Lena y Dennis se acercaron dispuestos a intervenir.

—¿Qué has visto? —preguntó la doctora Stark.

—Esta mañana, mientras bajaba a desayunar, él se ha escurrido en la habitación de Julie —explicó Rosa entre lágrimas—. No le he dado mucha importancia entonces porque pensaba que ella estaba aquí con los demás, pero...

—Sí, he estado en su cuarto, pero no la he matado —se defendió el abogado acosado.

—¿Y qué has ido a hacer entonces? —le preguntó el enfermero.

Al hombre se le escapó media sonrisa.

—¿En serio no os lo imagináis?

—No, genio —le contestó el otro.

—Está bien, vale... Julie me lanzaba mensajes desde hacía un tiempo... Y, bueno, ¿habéis visto lo nerviosa que estaba? Tenía que ayudarla a calmarse. Así que nos hemos duchado juntos. Yo le he dado jabón a ella y ella... Bah, ya me entendéis. Cuando he salido, seguía viva. Os lo juro.

—La has asesinado tú, cabrón —lo atacó Lena agarrándolo de un brazo.

Claudio se soltó y reculó.

—¡Cálmate, Nikita! Os lo repito: estaba bien. Hemos decidido no bajar juntos solo para no despertar sospechas.

—Pues mira tú, ¡ahora sospechamos de ti! —gritó Rosa.

—¿Ah sí? ¿Por qué no hablamos mejor de nuestros anfitriones?

—¿Qué quieres decir? —preguntó Rebecca estupefacta.

—Quiere decir —intervino Lena, intuyendo adónde quería ir a parar el otro— que los únicos que faltaban esta mañana en el desayuno erais tú y Dennis.

—¿Yo? —se indignó el enfermero—. Pero si he estado todo el tiempo con vosotros. Solo me he separado para ir a por velas... Además, tampoco Jian estaba: ha sido él quien ha descubierto que faltaba un billete. Igual antes había matado a Julie...

—Pero ¿eres imbécil? —protestó el chico.

—¿Con qué valor te atreves a acusarnos, Lena? —estalló la psiquiatra arrastrada a aquel juego mortal—. Eres una ingrata. ¿Cómo puedes pensar algo así? Esta clínica es nuestra vida, nuestro sueño.

—Sí —la apoyó Dennis—. Podrías haber sido tú la que los ha matado a todos. Con ese físico de machirulo y tus antecedentes penales...

—¿Qué? —balbució Rosa, a la que empezaban a hacerle efecto los calmantes—. ¿Qué antecedentes?

—Nuestra querida bollera ha estado en la cárcel.

Lena saltó al cuello del enfermero, pero Claudio los separó enseguida.

—¡Basta! —ordenó la doctora—. La suya no ha sido una infancia fácil. No la juzguéis. No os permito criticar a los demás por lo que hicieron antes de entrar en la Sunrise.

Por un momento se callaron, pero la duda ya se había instalado en su cabeza.

—¿Por qué te encerraron? —preguntó Claudio.

—Porque le zurré a un capullo como tú —contestó la alemana.

La terapeuta sabía que las reacciones violentas de la mujer eran solo una máscara para superar con decisión las pruebas a las que la había enfrentado la vida.

—¡Parad! —insistió—. Discutir no va a resolver el problema.

—El problema es que uno de nosotros es el asesino, ¿te enteras? —arriesgó el abogado, mirando de reojo a los demás.

—Si pensáis que soy yo, estáis muy equivocados —estalló la camarera de Stuttgart.

—¿En serio? —intervino Jian—. Entonces no te importará que registremos tu dormitorio.

—¿Y por qué ibais a hacerlo?

—Porque no nos fiamos de ti —replicó Rosa.

Los dos acusadores se volvieron entonces a la vez hacia Stark. Ella era la que mandaba, ella debía decidir.

También Lena la observaba. En la sala se había hecho el silencio.

—Está bien —suspiró Rebecca—. Pero registraremos los de todos. Total, no tenéis nada que esconder, ¿no?

Nadie protestó.

—Bien, entonces, Dennis y Jian id a echar un vistazo.

Lena saltó para pararlos, pero Claudio se lo impidió.

—Deja que vayan. Si no encuentran nada, te exculparás. ¿De qué tienes miedo?

—De nada, pero no me gusta que hurguen en mis cosas.

—Apuesto que tienes cosas de *bondage*, ¿eh? Un consolador negro bajo la almohada…

Ella lo empujó asqueada y subió resuelta las escaleras. Claudio, Rosa y la psiquiatra la siguieron.

Al llegar al pasillo, las recibió Jian con la expresión de quien ha ganado la lotería de Navidad.

—Venid a ver —los exhortó.

Dentro del cuarto de Lena, Dennis los esperaba con tres billetes de autobús en la mano.

—¿Cómo explicas esto, princesa?

—No he sido yo. Alguien los ha escondido aquí —se defendió.

—Estaban en ese cajón —explicó Jian—. Quería hacernos creer que Jessica, Tim y Julie se habían ido…

—No sé cómo han ido a parar ahí, yo no…

—Sabía que tu pasado violento podía ser un problema —suspiró la doctora Stark desanimada—, pero no creía que…

—¿Qué es lo que no creías?

Dennis y Claudio la sujetron de los hombros, pero la mujer se soltó y tumbó al abogado de un codazo.

El enfermero, por el contrario, tras haber esquivado un golpe, la cogió del cuello con firmeza. Lena pateaba y se debatía, intentando liberarse.

Rebecca sacó unas bridas de un bolsillo y, con ayuda de Jian y Dennis, inmovilizó a la alemana atándola a la silla del escritorio.

—¿De dónde has sacado eso? —le preguntó Claudio levantándose con esfuerzo.

—Las llevo siempre, por si acaso —replicó seca la psiquiatra—. A veces los adictos os volvéis bastante irracionales, ¿sabes? Y esta es mi arma secreta.

Rosa se acercó a Lena.

—Anoche Julie te rechazó y la mataste —le dijo.

—Te voy a arrancar los ojos.

—Miradla —observó el asiático—. No sabe controlar la ira.

—¡Se acabó! —ordenó la psiquiatra—. Ahora, ¡vamos! La encerraremos aquí hasta que vuelva la luz.

193

Los otros salieron del cuarto y bajaron a la planta baja.

Rebecca los siguió, pero un par de minutos después volvió con una jeringa en la mano.

—¡Aléjate de mí, hija de puta! —le gritó Lena.

Ella no se descompuso, es más, sonrió afable mientras le metía la aguja en el brazo.

—Todo se aclarará, estoy segura. Esto solo es para que te calmes.

—¡Cabrona! Este lugar es ya un cementerio. Vamos a morir todos y esta será nuestra tumba.

17

Clínica Sunrise (Italia), actualidad

La lluvia no había amainado ni un instante y, aunque era de día, la habitación estaba bastante oscura.

La doctora Stark observaba por la ventana de su consulta los tres cadáveres que salían a la superficie del aguazal. La obsesión de Ivánov por la intimidad había terminado por transformar aquel lugar en una ratonera: una isla de piedra en medio de un lago artificial. Y el agua continuaba subiendo.

El terror había entrado en la Sunrise y se enfrentaban a él intentando resistir como podían. Después de sedar a Lena, Rebecca les había dicho a los demás que intentasen descansar un poco antes de comer.

—Sois libres de volver a vuestros dormitorios si queréis. Ya no hay peligro.

Rosa se había apretado contra Jian en uno de los sofás del salón. El calmante había hecho efecto y sentía que le pesaban los párpados.

—Nosotros nos quedamos aquí juntos.

—Como os parezca —dijo Dennis alejándose.

—También yo me voy a dormir —anunció Claudio—. Y tendré cuidado del coco.

—Estaré en mi consulta si me necesitáis —dijo la doctora moviendo la cabeza.

Era casi mediodía cuando volvió a bajar. Los dos pacientes más jóvenes no se habían movido. Estaban tumbados juntos y se abrazaban. La chica tenía los ojos hinchados como si hubiese estado llorando.

—¿Cómo estáis?

—Tengo miedo —susurró Rosa.

—No tienes de qué. Lena está atada y sedada. Ya no matará a nadie…

—¿Es verdad que estuvo en la cárcel? —preguntó Jian incorporándose.

—Sí. Tuvo una infancia difícil. Ella y su hermano Gerhard se quedaron huérfanos cuando eran muy pequeños. Una historia triste. Creció haciendo de todo para protegerlo y, a veces, se metió en líos.

Por la escalera asomó Dennis con nuevas velas, y la psiquiatra se interrumpió.

—Te ayudo —dijo yendo a su encuentro.

Él sonrió.

—¿Todo bien?

Rebecca negó con la cabeza.

—Verás como todo se arregla.

—Es un desastre —rebatió ella en voz baja para que no la oyesen los dos chicos—. La Sunrise está acabada y tenemos a una asesina bajo llave.

El enfermero la abrazó.

Rosa, mientras, se había levantado y comenzado a enredar con el móvil de Klaus.

—¿Ha vuelto la cobertura? —le preguntó Jian.

—No, continuamos aislados y la batería casi se ha agotado.

—Apágalo —la riñó la terapeuta—. Y ahora vamos a comer. Al menos nos servirá para distraernos.

—¿Dónde está Claudio? —preguntó la chica mientras ponía la mesa.

—¿No estaba arriba contigo, Dennis?

—Hemos subido juntos y luego nos hemos separado. Yo he echado una cabezada y luego he encendido otra vez algunas velas que se habían apagado.

Todos se miraron preocupados.

—Ya estamos —comentó amargo el joven de Hong Kong.

—Vamos a mirar en su cuarto —dijo la doctora.

Parecían ya soldados que se movían al unísono a las órdenes de un general. Ella, sin embargo, no se sentía en absoluto una líder. En aquel momento estaba incómoda, perdida, ansiosa. Y solo tenía en la cabeza el cuadro de Munch *El grito*. Era la representación plástica del ánimo que la afligía mientras subía insegura las escaleras. Intentaba no mostrarlo, pero le costaba respirar, le latía el corazón como loco y tenía la sensación de tener a alguien sentado sobre el pecho. Sentía una angustia feroz, que no conseguía tener a raya. Suspiró para deshacerse de un presentimiento funesto y se dio ánimos porque, entretanto, habían llegado a la puerta de Claudio.

Dennis llamó.

—Picapleitos, ¿estás ahí?

No hubo respuesta dentro.

El enfermero giró la manilla y entró.

—Aquí no está.

—Ay, no. Mirad eso —gimió Rosa, señalando un punto en el suelo.

Todos se fijaron en el charquito.

—Es sangre… —comentó la psiquiatra, poniéndose rígida.

La chica se llevó las manos a la boca y luego abrazó fuerte a Jian, que la sacó de la habitación.

—¿Dónde estará? —preguntó el ayudante.

—Miedo me da pensarlo —susurró Rebecca.

197

—¿Qué haces, Jian? —preguntó Rosa incrédula.

—Te salvo la vida —respondió él apuntando con uno de los cuchillos de cocina a los otros dos.

—Tíralo —ordenó la doctora Stark con tono decidido.

—No. Sois vosotros los asesinos. Habéis hecho desaparecer a Claudio. No hay otra explicación.

—No seas estúpido. ¿Qué obtendríamos con ello? Esta situación horrible nos hace polvo. ¿Por qué íbamos…?

—No lo sé. Puede que estéis locos.

—O… —sugirió Dennis, acercándose a él un paso.

—Quédate donde estás —ordenó Jian levantando el cuchillo.

—¿O? —preguntó la muchacha.

—Está claro. Es Claudio el responsable —explicó el hombre—. Pensadlo un momento: ¿y si la mancha de sangre fuese solo una puesta en escena para distraernos? Quizás ahora esté escondido en algún sitio a oscuras, listo para atacar y matarnos a todos.

—¡Y una mierda! Solo intentas distraerme para luego matarme también a mí.

—¿Estás tan seguro como para arriesgar la vida? —lo desafió el enfermero mirándolo a los ojos.

—Vamos a calmarnos —intervino Rebecca con tono didáctico—. Estamos todos muy nerviosos, pero tenemos que seguir unidos.

Jian suspiró y bajó el arma. Rosa se le echó al cuello sollozando. El joven, sin embargo, no tenía intención de quedarse allí. Ya se había encaminado por el pasillo hacia otro dormitorio.

—¿Adónde vas? —le preguntó la psiquiatra.

—A desatar a Lena —respondió—. Ahora al menos estamos seguros de que no es ella la asesina, visto que estaba atada cuando han herido, o tal vez matado, a Claudio.

Pero Dennis, de un salto felino, se le puso delante.

—No vas a ir a ninguna parte solo. No estamos seguros de nada. Puede que seas tú el loco que mata personas.

—¡Basta! —gritó la doctora—. Lo comprobaremos todos juntos. Puede que Lena se haya liberado y...

—Y haya asesinado al abogado —concluyó Rosa.

Estaban inmóviles ante la puerta.

—¡Vamos! —ordenó la psiquiatra—. ¡Ábrela!

El enfermero la abrió de golpe y todos se quedaron sin aliento.

Rebecca no podía creer lo que veía. Y, a pesar de ello, sabía bien que la negación es uno de los principales mecanismos de defensa de la mente humana cuando no puede aceptar la realidad. Es el caso de las personas que, frente a la posibilidad de estar enfermas, se niegan a los chequeos y las pruebas médicas para no arriesgarse a recibir una mala noticia. Ojos que no ven, corazón que no siente.

La doctora conocía a la perfección aquella estrategia: sus pacientes la usaban de continuo. Todos los adictos niegan la evidencia.

Por fin, levantó la mirada y entró en la habitación. También para ella había llegado el momento de enfrentarse a la verdad.

Habían asesinado a Lena. Tenía los ojos abiertos de par en par y la garganta cortada. No había conseguido ni siquiera gritar porque estaba atada y sedada. Era probable que el asesino le hubiese tapado la boca con la mano mientras le seccionaba con el cuchillo la carótida.

Había sangre por todas partes. En las paredes, en los muebles, en el suelo. Un espectáculo espeluznante.

Rosa sintió que desfallecía.

—No puedo creerlo —suspiró Jian.

La psiquiatra se sentía culpable. Temblaba.

—Ha muerto por mi culpa… No ha podido hacer nada para defenderse.

Nadie lograba consolarla.

Dennis estaba cada vez más inquieto.

—¿Has sido tú la que ha hecho desaparecer al abogado? —le susurró al oído.

—Pero ¡estás loco? ¿Cómo se te ocurre?

—He visto cómo os mirabais.

—¿Ah sí? —replicó ella—. Entonces, a lo mejor lo has matado tú porque estabas celoso… ¡Dímelo!

El enfermero estaba a punto de responder cuando oyeron un chirrido metálico.

—¿Habéis oído? —preguntó—. Viene del piso de abajo.

Rebecca asintió asustada, mientras Jian y Rosa se abrazaban fuerte.

Luego los tres siguieron a Dennis, que se había lanzado escaleras abajo.

Jian sacó el cuchillo del bolsillo y lo empuñó listo para cualquier eventualidad.

La terapeuta caminaba ya casi en estado de trance, bajando los escalones de dos en dos.

Cruzaron el salón y se dirigieron a la puerta de metal que llevaba a la bodega y el cuarto de la caldera.

La encontraron abierta y Claudio estaba allí, de pie, con la cabeza sangrando, un gran corte en la frente y la cara cubierta de sangre como un vampiro.

—Aquí está el asesino —gritó Dennis preparándose para pelear.

El abogado tenía una mano sobre la herida y parecía confuso, como si no supiese exactamente dónde se encontraba.

—¡Estás vivo! —gritó Jian aliviado.

—Él sí —aclaró el enfermero—. Lástima que Lena y Julie no puedan decir lo mismo: las has matado tú, ¿no?

—¿Qué? ¿También Lena está muerta? —balbució Claudio.

La doctora Stark lo observó con atención para averiguar si estaba siendo sincero.

¿Podía haberlo reprimido todo? Es una reacción que conocen también los ajenos al oficio. Sucede cuando una persona decide inconscientemente olvidar hechos desagradables, como le pasa al personaje de Jason Bourne, o a Lobezno en *X-Men*.

También ella habría querido hacer borrón y cuenta nueva con tantos momentos de su vida y olvidarlos para siempre, pero no era capaz.

¿Y Claudio? ¿Quizá su mente había conseguido borrar los homicidios cometidos para evitar entrar en conflicto?

Necesitaba valorar mejor la situación, pero no tuvo tiempo: los otros adictos habían dictado ya sentencia.

—Dennis tiene razón —lo atacó Rosa—. Has estrangulado a Julie después de haberte acostado con ella, y luego has degollado a Lena mientras estaba atada.

—Pero ¿cómo se os ocurre?

Jian lo amenazaba con el cuchillo y el enfermero había levantado los puños dispuesto a golpearle.

—Entonces, ¿por qué has desaparecido? —le preguntó la psiquiatra.

—Para ponerme a salvo —rebatió él—. Alguien entró en mi cuarto y me dio un porrazo en la cabeza.

—¿Quién?

—No lo sé —dijo desesperado—. Estaba descansando, estaba oscuro y no he podido verle la cara. Solo he pensado en huir…

—¿Qué hay tras esa puerta? —lo asedió Rosa, intentado echar un vistazo a su espalda.

—Un laberinto de salas polvorientas. La caldera y antiguas bodegas…

—Antes estaba cerrada —observó Dennis—. ¿Cómo has podido entrar?

—De hecho, ninguno teníamos la llave —observó la terapeuta.

—Klaus la tenía —replicó el abogado con un hilo de voz y, al decirlo, sacó un llavero en forma de calavera para enseñárselo a los demás—. Las encontré en su cuarto cuando lo registramos y me las llevé; total, a él no le hacían ya falta…

El enfermero no le permitió terminar la frase y le saltó al cuello para inmovilizarlo.

El manojo de llaves cayó al suelo mientras los dos hombres se peleaban furiosos.

Jian actuó por instinto, las recogió y agarró a Rosa de una mano.

—¿Qué haces? —le preguntó ella con los ojos saltones.

—Te estoy salvando —respondió el joven asestando un poderoso empujón a la doctora, que cayó al suelo junto a los dos hombres.

202

Cuando la mujer logró levantarse, la puerta de metal ya estaba atrancada y, desde dentro, estaban dando varias vueltas a la llave.

Claudio y Dennis dejaron de pelearse.

—¿Qué sucede? —preguntó el ayudante levantando la cabeza.

—Se han encerrado —suspiró Rebecca.

—¿Y ahora qué?

—Lo primero, dejad de comportaros como niños. Puede que sea Jian quien ha dejado a sus espaldas todos esos cadáveres.

—Mi sospechoso sigue siendo este capullo —gruñó Dennis.

—Piénsalo —contestó la doctora—: ha sido él quien ha encontrado todos los cadáveres, tiene un cuchillo en el bolsillo y ahora se ha encerrado ahí abajo con la más débil del grupo.

—¡Mierda! —imprecó el abogado secándose la heri-

da de la cabeza con un pañuelo—. Entonces Rosa será su
próxima víctima.

El lugar en el que se encontraban estaba en la más completa oscuridad. Los dos avanzaban a tientas, apretándose
el uno contra la otra para no perderse en las sombras. An-
duvieron al azar, doblando cuando se encontraban ante una
pared, sin una meta precisa.

—No se ve nada —suspiró ella.

—Ya, pero al menos aquí estamos seguros. Nadie puede
entrar sin las llaves.

—¿Y si eres tú el asesino?

Jian se paró en seco.

—Espero que estés de broma. Te he protegido hasta
ahora. A ver si tengo que ser yo el que se preocupe...

—¿Tú? ¿Y por qué?

—Bueno, a lo mejor porque nadie se encierra en una
clínica porque pasa demasiado tiempo en internet. Puede
que te guste matar gente.

Jian oyó a Rosa gimiendo en la oscuridad.

—Lo siento, no quería...

—Ya lo creo que querías...

—Espera, pero ¿dónde estamos?

La chica encendió el móvil. Aunque estaba prácticamente descargado, consiguió iluminar un poco el entorno
en el que se encontraban.

—Ay, no.

—Mierda —suspiró el diseñador de webs—. Hemos
acabado en el pasillo de las cabinas. Los sótanos deben de
estar todos conectados.

—Entonces, pueden llegar hasta nosotros.

—Siempre que lo descubran —observó Jian—. Ven, vamos a meternos aquí.

203

Abrazó a Rosa y, juntos, entraron en una de las celdas y se hicieron un ovillo en el suelo, apretados el uno contra la otra para no tener frío.

El muchacho, al notar el cuerpo caliente y suave de ella, se excitó. Sabía que no era el momento propicio, pero no podía hacer nada: su testosterona estaba por las nubes.

—Cuéntame qué hacías con tu teléfono cuando estabas sola en casa —le susurró.

Rosa se apretó más en el abrazo y advirtió su erección. Sabía bien cómo mantener a raya a un hombre excitado. Y, desde luego, la asustaba menos que un asesino.

—¿Qué quieres que te cuente?

—No sé. Puedes explicarme por qué…

—Me gustaba entretener a los hombres. Con gestos, palabras. Te hace sentir fuerte. Están todos ahí, locos por ti, por cada pequeño gesto tuyo…

—¿Y qué sucedió?

—Me pasé con uno. Me había prometido cien francos de recarga…

—¿Y tú?

—Bueno, estaba tumbada en la cama y llevaba solo unas bragas.

La respiración de Jian se aceleró.

—Sigue —la exhortó.

—Ya se estaba tocando y me pidió que me quitase las bragas para hacerlo yo…

—¿Y tú?

—Fingí que no quería, pero luego accedí cuando me envió el dinero extra.

—¡Bien! ¿Y le acompañaste?

—¡Claro! Estaba usando un juguete que me había comprado, cuando mi madre abrió la puerta y se puso a gritar como una loca: «¡Dios mío, pero qué estás haciendo!». Luego, como una loca, se dirigió al ordenador y lo tiró al suelo. Seguía gritando: «Pero ¿qué te ha pasado? ¿Por qué te humillas así?». Mientras, me daba bofetadas.

Las lágrimas corrían por la cara de la chica.

—Y luego te trajo aquí.

—Eso es.

La batería del celular se agotaba.

—La señal aún no ha vuelto —sollozó Rosa—. Y pronto estaremos a oscuras.

—Me estoy volviendo loco aquí.

—Y yo. Pero es mejor que estar con esos psicópatas.

Jian se levantó de golpe.

—¿Has oído eso?

—Parecen pasos...

Rosa apuntó el móvil hacia la oscuridad.

—¿Quién es? —chilló el joven asiático, pero el grito se le apagó en la garganta.

Lo había atravesado la hoja de un cuchillo.

205

La chica gritó también y, con el teléfono, iluminó la cara del asesino.

—Así que eras tú...

No consiguió terminar la frase porque el cuchillo se le clavó en el abdomen. Una, dos, tres veces, hasta que cayó al suelo envuelta en la oscuridad.

18

Clínica Sunrise (Italia), actualidad

La lluvia había escampado por fin, pero esa mañana el paisaje al otro lado de la ventana de la doctora era, en realidad, espectral. El jardín, el patio y el huerto estaban aún completamente cubiertos de agua, y los cadáveres de Klaus, Tim y Jessica sobresalían del barro de un modo atroz. Una 207 visión apocalíptica, bien lejana de la clínica de lujo a la que había llegado hacía unos días.

Algunas gotas esporádicas caían de las copas de los árboles y formaban círculos en el agua. La casa se reflejaba imponente en aquel aguazal fangoso.

Rebecca había pasado la noche sola, atrincherada en su habitación, con la puerta cerrada con llave y una silla apoyada bajo la manija como en las películas. Una precaución inútil, puesto que no había tenido visitas. Esperaba que hubiese sido así también para Dennis y Claudio, encerrados de la misma manera en sus respectivos dormitorios.

Nadie se fiaba ya de nadie.

La psiquiatra suspiró mientras iba al baño a lavarse la cara. Una sola semana en la Sunrise y su vida había cambiado para siempre. Sentía el estómago cerrado por la angustia, y el espejo le devolvía la imagen de una mujer que parecía haber envejecido diez años, muy distinta de la que había visto reflejada en la ventanilla del avión privado de Ivánov al volver a Londres.

En el fondo era comprensible: podía considerar su carrera acabada, igual que sus esperanzas y sus planes.

La lamparilla de encima del lavabo se encendió de golpe: había vuelto la luz.

—¡Por fin podemos pedir ayuda! —exclamó.

Bajó a la carrera y encontró a Claudio y a Dennis en la cocina. El café estaba en el fuego y los dos estaban sentados en extremos opuestos de la mesa, mirándose con cara de pocos amigos. Observando sus rostros tensos, la psiquiatra entendió que ninguno de los dos había pegado ojo: el asesino a la espera del momento de actuar, el otro para no darle al adversario la oportunidad de matarlo. Una especie de O. K. Corral redivivo.

—¿Habéis visto a Jian y a Rosa? —preguntó la mujer sirviendo café en tres tazas.

—No —respondió Dennis—. Pero ahora que la luz ha vuelto no hay motivo para que sigan escondidos…

Claudio lo interrumpió y se puso a gritar:

—¡Jian! ¡Rosa! Ha vuelto la luz, podéis salir del antro de Shrek.

Su voz resonó siniestramente espectral por las salas desiertas de la Sunrise.

—No responden —dijo después de un momento.

La doctora Stark suspiró y miró al cielo.

—Vamos a mirar —dijo Dennis levantándose.

Los otros dos lo siguieron en silencio hasta la puerta de metal.

—Está entornada —observó el abogado.

—A lo mejor se han decidido a salir… —arriesgó el enfermero con poca convicción.

Los malos presentimientos se les habían contagiado ya a todos.

—Vamos a bajar a echar un vistazo.

Rebecca pulsó el interruptor y todo el subsuelo se iluminó gracias a las lámparas de neón del techo.

El primero en cruzar el umbral fue Dennis, seguido de la terapeuta y, por último, de Claudio. Andaban a cierta distancia unos de otros y con cautela, inspeccionando las diversas salas. Habitaciones vacías usadas antaño para conservar el aceite y el vino, y ahora llenas de escombros, ladrillos y basura.

Recorrieron un pasillo al final del cual fueron a dar a la sala de las cabinas.

—Parece que está todo conectado —observó el italiano.

—Y el asesino lo sabía —comentó desanimada Rebecca al ver un charco de sangre fresca.

Se acercaron con cuidado y vieron que, en el centro exacto, había un móvil.

—Joder. ¡Es el de Klaus! —gritó Claudio.

Dennis fue el primero en asomarse a echar un vistazo dentro de la celda, pero se retiró enseguida sacudiendo la cabeza.

—Mejor que no miréis —susurró.

Rebecca se echó a llorar y luego cayó de rodillas, sollozando.

—No aguanto más. Es todo horrible.

Los dos hombres, en cambio, se miraron en silencio.

—Solo quedamos nosotros, por lo que parece —dijo el enfermero.

—Basta ya de comedia —lo asaltó el otro—. Sé que has sido tú quien me atacó y mató a los demás.

—Estás loco.

—¿Loco, dices? Entonces vamos a ver las grabaciones en el ordenador de Rebecca, así descubriremos quién mató a Tim y a Jessica. Las videocámaras funcionaban en ese momento.

Dennis contrajo la mandíbula incómodo.

PAOLO ROVERSI

La doctora lo miró para estudiar su expresión. Lo conocía demasiado bien y sabía de lo que era capaz. En el fondo, siempre lo había temido.

—¿Por qué lo has hecho? —preguntó con un hilo de voz.

—¿No irás a creer a este mentecato? Yo estoy de tu parte, Rebecca, no haría nunca una cosa así...

El abogado negaba con la cabeza.

—Pensemos... El asesino es por fuerza uno de nosotros tres. Dennis conoce muy bien la clínica y sabe cómo moverse de un lado a otro, tiene las llaves de todas las habitaciones... Y seguro que también la de la sala de calderas. ¡Apuesto a que sí! Escucha tu instinto.

La psiquiatra se irguió despacio y se acercó al enfermero, bajo la mirada atenta de Claudio.

—Dennis —dijo acariciándole una mejilla. Él le sonrió y ella lo atrajo hacia sí, mirándole a los ojos—, júrame que no tienes nada que ver.

—Te lo juro, no podría hacerte esto...

—Entonces, perdóname —susurró ella haciendo un gesto de entendimiento al abogado.

—¿Por qué? —preguntó Dennis.

—¡Por esto! —gritó el otro hombre mientras lo golpeaba con un ladrillo que había traído de una de las salas vacías.

El enfermero cayó al suelo y la corriente eléctrica se fue de nuevo dejando la bodega en la oscuridad.

Claudio se ocupó de todo: primero encendió una vela; luego, mientras la doctora lo iluminaba, llevó a Dennis hasta la consulta, donde lo ataron a una silla utilizando unas bridas.

—Has hecho bien —le susurró el abogado acariciando la cara tensa de la mujer.

Ella parecía agitada y agotada. Aquella situación se hacía cada vez más absurda y dolorosa.

La corriente iba y venía, pero al menos había dejado de llover.

El joven italiano observaba a la psiquiatra, inclinada sobre el prisionero y curándole la herida de la cabeza.

Dennis abrió los ojos de repente y, por instinto, intentó liberarse. Luego, echó una mirada llena de odio a Claudio.

Rebecca comenzó a llorar y a pedirle perdón.

—Dios mío, dios mío, tesoro… Perdóname…

Le acariciaba el pelo con delicadeza.

El otro hombre, aún de pie, se sintió incómodo. ¿Cómo era posible que aquella fuese la mujer que tenía que curarlo de sus dependencias?

—¿Por qué estoy atado, Rebecca? Estoy aquí por ti. Por nosotros…

—Lo sé, tesoro. Lo sé. Me acuerdo bien de lo que pasamos… Un horror mucho peor que este. Y tú siempre has estado ahí. Mi roca. No lo he olvidado, pero tiene que haber sucedido algo dentro de ti. He intentado protegerte, lo he intentado, de verdad.

—Pero ¿qué estás diciendo?

—Has ido demasiado lejos.

Claudio, mientras observaba la escena, estaba trasteando la caja fuerte de la pared para recuperar el móvil y pedir ayuda.

La doctora le había dado la combinación, pero aquel maldito chisme no se dejaba abrir.

—¿Tienes idea de por qué no funciona?

—Por razones de seguridad —respondió ella—. Mientras siga yéndose la luz, no se desbloqueará… Tiene que estar activa al menos una hora seguida.

—¡Joder! Y, mientras, estamos obligados a quedarnos aquí con este loco…

211

Dennis se echó hacia delante con rabia, bufando como un toro.

—Que te den, picapleitos. Espera que me libere y te vas a enterar.

—¡No! —gritó Rebecca sujetando un abrecartas del escritorio y apuntándole con él a la garganta—. Aquí no se va a enterar nadie.

—¿Qué haces? Deja ese chisme…

Pero ella ya tenía el infierno en los ojos.

—¿Por qué los has matado, Dennis? Nos has arruinado la existencia, a los dos…

—Nuestras vidas ya estaban destruidas hace mucho… —balbució él con los ojos a pocos centímetros de la hoja.

Claudio no entendía la reacción de la doctora y estaba seriamente preocupado de que pudiera tomarse la justicia por su mano. Aquel enfermero había destrozado el sueño de su vida.

—Rebecca, te lo ruego, cálmate —le dijo alargando la mano para coger el abrecartas.

—¿Calmarme? ¿Y por qué? Él no va a cambiar nunca —gritó histérica—. ¡Nunca! Monta estos líos desde que éramos pequeños.

—¿Desde que erais pequeños?

—¡Sí! ¿Y sabes lo que me toca hacer a mí cada vez?

El abogado estaba desorientado y asustado.

—¿Qué? —balbució.

—Sacarlo del marrón —respondió seca ella, volviéndose y hundiéndole el cuchillo en el estómago.

Una, dos, cinco veces. Veloz y precisa.

El gesto fue tan repentino que Claudio, tomado por sorpresa, no fue capaz de defenderse.

—Ya está —gritó al final la mujer dejando caer el arma.

El jugador empedernido la observó aún un instante con la boca abierta, luego cayó al suelo.

Friburgo (Alemania), 1995

*J*ürgen Fischer había pasado un fin de año tranquilo.

Después de haber esperado la medianoche con su hermana y un par de amigos, habían brindado. Y media hora más tarde se había ido a la cama, aunque no había podido pegar ojo.

El cadáver que había visto en el bosque seguía obsesionándolo. La cabeza de la víctima casi despegada del cuerpo, las manos cortadas en seco, la sangre que empapaba la nieve... Era imposible no pensar en él.

Al día siguiente, poco antes de mediodía, Gerta lo llamó por teléfono.

—Feliz 1995.

—Feliz año, colega.

Después de algunas frases convencionales, la conversación giró hacia los dos niños.

Fischer recordaba su expresión aterrorizada cuando los había encontrado abrazados junto a la estufa de la cabaña.

—¿Cómo están? —preguntó.

—Bien, pero no hablan. Va a pasar mucho tiempo antes de que...

—Ya —la interrumpió el policía.

No había necesidad de remarcarlo.

Se despidieron, y él volvió a sentarse en la butaca mientras su hermana ponía a hervir patatas para la comida.

Casi de inmediato, su mente se puso a pensar en el caso, como llevaba haciendo ya días. Y noches. En resumen, cada momento que pasaba despierto.

Después del puente de Navidad, habían difundido un retrato robot del sospechoso por todos los distritos policiales de Alemania. La imagen representaba a un hombre con ojos hundidos, la frente alta y los pómulos pronunciados. De unos cuarenta años.

Efectivamente, no era mucho con lo que trabajar. Hasta aquel momento no habían tenido pistas dignas de mención. Solo un par de mitómanos que decían haberlo visto, uno en Hamburgo, otro en Stuttgart.

Los colegas del lugar habían llevado a cabo las comprobaciones de rigor, pero Fischer no mantenía grandes esperanzas.

Algo más útil, sin embargo, esperaba de la autopsia que se haría al día siguiente. Estaba convencido de que podía proporcionarles alguna pista concreta que pudiese ayudarlos a descubrir la identidad de su misterioso «hombre negro».

214

Había comenzado a nevar de nuevo mientras el comisario subía los escalones del instituto forense de Friburgo. Después de quitarse el gorro de lana, se encaminó al estudio del doctor Schneider, el hombre que había hecho la autopsia del cadáver de Hans Neumann.

—Antes de empezar, tengo que entregarle este parte médico —le anunció el experto.

—¿Lo ha redactado usted? —preguntó Fischer.

—No, yo me ocupo solo de los muertos. Este se refiere a dos personas vivas. Lo ha redactado mi colega a petición del tribunal de menores. Me han pedido que se lo muestre, puesto que es el encargado de la investigación.

El policía no esperaba algo así y se quedó callado.

—La información que contiene —continuó Schneider— se refiere al estado de salud de los dos niños.

El parte médico fue un verdadero shock para Jürgen. Cambió por completo su idea del caso.

Ya ojeando las primeras páginas comprendió que los niños habían sufrido abusos.

La pequeña era objeto de atención morbosa por parte del padre, mientras que en el varón se habían encontrado varias fracturas soldadas por sí mismas. A ella la violaba, a él le pegaba.

El policía leyó con atención el informe y luego miró al patólogo. Tenía ya náuseas, pero se animó a preguntar:

—Y de nuestra víctima, ¿qué puede decirme?

—Un par de cosillas, en efecto —comenzó el médico—. Estaba en buen estado de salud; un leñador al que le gustaba beber, pero que no padecía ninguna patología.

—¿Cómo es que no hay señales de defensa? Quiero decir, un hombre de metro ochenta al que atacan de esa forma, ¿no intenta defenderse?

—Seguro, pero Neumann no podía porque estaba dormido.

—¿Dormido?

—Lo habían atiborrado de somníferos, una dosis de caballo.

—Pero si lo hemos encontrado en medio de la nieve, lejos de la cabaña…

—Mi hipótesis es que alguien le había dado el calmante sin que lo supiese. Luego salió y, al poco, se cayó dormido.

Los dos hombres se miraron. El cuadro comenzaba a delinearse. El padre maltrata a los hijos, ellos le dan un somnífero a escondidas y, en cuanto se desmaya…

—Cree que han sido los niños quienes…

Fischer negó con la cabeza. No quería saberlo. Prefería seguir pensando que, oculto por ahí, se encontraba el verdadero hombre del saco.

Dio las gracias a Schneider con un gesto de la cabeza, y se dirigió a la salida. Necesitaba aire, beber algo y creer en la existencia de un monstruo despiadado al que debía detener, y no en dos niños desesperados que habían matado al padre que era su verdugo.

19

Clínica Sunrise (Italia), actualidad

La luz volvió una vez más y sorprendió a Claudio tendido en el suelo, agonizando mientras se tapaba la herida del abdomen con las manos.

—Me… has… —susurró dirigiéndose a la doctora que, sin embargo, no lo escuchaba, ocupada en buscar algo en uno de los cajones del escritorio.

—Aquí están —dijo sacando un par de tijeras con las que liberó a Dennis de las bridas.

Él se levantó como una furia y descargó una potente patada en el costado del abogado. No hubo reacción. El hombre acababa de morir.

El enfermero sonrió satisfecho.

—No te alegres —lo reprendió Rebecca con desprecio—. Lo has arruinado todo. ¿Cuándo vas a aprender?

Dennis habría querido protestar, pero a su espalda oyeron claramente que alguien aplaudía.

Los dos se volvieron asustados.

—¡Bravo! ¡Espléndido! Todo como había previsto.

Era Ivánov, que los observaba orgulloso, palmoteando y asintiendo con la cabeza. Llevaba un traje de caza: botas de goma, pantalones de camuflaje y chaqueta del mismo estampado. Parecía muy distinto del hombre que los había recibido la semana anterior con un traje de lino y un panamá en la cabeza.

La doctora Stark se volvió por instinto hacia la ventana y solo entonces vio el todoterreno aparcado en medio del aguazal que se iba secando.

—Ha sido difícil llegar hasta aquí, ¿sabéis? Menos mal que ha dejado de llover.

Rebecca y Dennis habían enmudecido. Continuaban mirándolo incrédulos. Era imposible que no hubiese visto el cadáver de Claudio o los muertos que flotaban en el pantano.

La luz se fue un instante e inmediatamente volvió.

Ivánov se echó a reír de manera siniestra.

—Tendremos que hacer una instalación eléctrica mejor, por lo que parece…

—¿Quieres decir que lo habías previsto? —preguntó Rebecca con un hilo de voz.

—Sencillo: que os he manipulado. Desde el primer momento.

—¿Qué?

—Entiendo vuestro estupor. Pero os ruego que miréis esto y lo entenderéis. Deberías saber que prefiero enseñar un vídeo a explicarme con palabras.

Tenía en la mano una tableta que colocó sobre el escritorio, de manera que pudiesen verla. Después pulsó un código y, en la pantalla, comenzaron a deslizarse imágenes.

—Las cámaras… —susurró Dennis preocupado.

—Eso es. Han grabado toda esta aventura, amigo mío. Al menos, mientras funcionaban. A propósito: os mentí cuando dije que estaban instaladas solo en las zonas comunes. En realidad, hay varias escondidas por todas partes, también en vuestros dormitorios, en la bodega, en los baños… En resumen, un Gran Hermano solo para mí…

La psiquiatra suspiró preocupada.

—Lo he visto todo: los amores, a los pobres adictos mendigándole placeres a Klaus, y la furia homicida de nuestro querido enfermero...

Dennis habría querido saltarle al cuello, pero Ivánov había sacado una pistola y lo apuntaba con ella.

—Tranquilito —lo instó—. Y disfruta de la película.

El vídeo era en blanco y negro porque estaba rodado con cámaras de infrarrojos. No había sonido, pero las imágenes eran muy nítidas. Se veía a Tim salir a escondidas de la habitación de Klaus y meterse una bolsita en el bolsillo. De pronto, a su espalda, salía el enfermero vestido con un mono de trabajo y le tapaba la boca con un pañuelo.

—Apuesto a que era cloroformo, ¿eh? —comentó Ivánov—. De hecho, lo sé: lo he encontrado en tu dormitorio. ¿Sabes qué más había? Ese bonito mono, y también un trapo manchado de sangre... Pero no nos adelantemos, tendremos tiempo de volver sobre ello.

Dennis no respondió, estaba inmerso en la contemplación de sus hazañas.

En la grabación, el bróker intentaba soltarse, pero su cuerpo acababa por perder fuerza y caer al suelo. Dennis, entonces, lo agarraba de los pies y comenzaba a arrastrarlo. Por desgracia, en aquel momento se entreabría la puerta de Jessica y ella asomaba la cabeza. La mujer no tuvo tiempo de entender lo que sucedía porque Dennis le saltó encima y le apretó la garganta con las manos. Aunque intentó liberarse, él era demasiado fuerte. Muy pronto, dejó de moverse. En pocos segundos todo había acabado. El asesino la había llevado luego a su habitación y había vuelto a salir para arrastrar dentro también a Tim, al que había reservado el mismo tratamiento. La cámara dentro del cuarto, de hecho, mostraba a Dennis sentándose sobre el esternón del corredor de bolsa y apretándole la garganta con las manos hasta asfixiarlo.

Rebecca observó petrificada la escena, sin decir nada.

—Impresionante, ¿verdad? —comentó el ruso como si estuviesen viendo un programa de televisión normal—. Pero no ha terminado aún. ¡Ahora viene lo bueno!

En las escenas siguientes se veía al enfermero entrar en el cuarto de Klaus con una llave maestra y dejarlo inconsciente mientras dormía usando el mismo método. Luego, se cargaba al bucéfalo literalmente al hombro, dando prueba de una potencia física en verdad impresionante.

—Sé por qué estás tan fuerte —observó Ivánov—. Te he espiado mientras te dedicabas en tu dormitorio todas las noches a las pesas y las flexiones. Te preparabas para esto, ¿verdad?

En ese momento, en el montaje se habían juntado imágenes de varias cámaras a lo largo del recorrido que el enfermero había seguido para transportar a las víctimas hasta el jardín.

Una vez allí, había parado un momento a descansar. Luego, como confirmaba una toma hecha probablemente desde el tejado, había sacado un largo cuchillo del bolsillo del mono y lo había clavado con profundidad en la garganta de Klaus, sujetándolo bien mientras el hombrón, aún aturdido por el narcótico, intentaba reaccionar inútilmente. Había hecho luego lo mismo con las otras dos víctimas.

—Apuesto a que has limpiado el arma con el trapo que hay en tu cuarto.

Rebecca se horrorizó mientras Dennis continuaba callado.

—Esta parte es aburrida, la paso deprisa —intervino el ruso.

En el fragmento siguiente, Dennis cavaba con una pala tres agujeros, uno junto al otro, de menos de un metro de profundidad, y tiraba dentro los tres cadáveres, para cubrirlos luego con tierra.

La psiquiatra sintió que le cedían las piernas y tuvo que apoyarse en el escritorio para no caer.

Ivánov interrumpió el vídeo y le lanzó una mirada abatida.

—Hay también grabaciones de lo que sucedió luego en el cuarto de Klaus, pero esas os las ahorro, aunque debo confesar que la cámara escondida allí me ha dado muchas satisfacciones: entre esas cuatro paredes se han cometido prácticamente todos los pecados capitales. Estupendo de verdad. —El magnate sonrió, pero cambió enseguida de expresión, decepcionado de repente—. El resto, por desgracia, me lo he perdido porque se fue la luz… Pero, por lo que he visto abajo en la bodega y aquí en las habitaciones, debes de haberte divertido mucho, ¿eh, pervertido?

Dennis dio un paso en la dirección de Ivánov que, de pronto, levantó la pistola y le apuntó a la cabeza. La doctora sujetó al ayudante por un brazo.

—Lo que no había previsto —continuó Ivánov— es que conseguirías acabar con Klaus… Esa bestia se dejó vencer como un aficionado.

—Así que él era tu peón aquí dentro…

—Eso es, muchacho. El diablo tentador que mantenía vivo el fuego en el interior de vuestros pacientes.

—O sea, que tú eras quien les procuraba la droga y lo demás.

—Ah, no, doctora. Eso lo hizo él solo gracias a sus contactos en los barrios bajos de Bari. Yo solo me ocupé de informarle a tiempo sobre los puntos débiles de los huéspedes.

—Pero así perjudicabas tu propia inversión.

—Tal vez sí o tal vez no. Pero me he divertido. No sabéis cuánto. Mientras las cámaras funcionaban, ha sido un entretenimiento ideal. Manipulaba a Klaus a mi voluntad y me sentaba ante los monitores a observar lo que sucedía. En cuanto veía algo extraño, lo llamaba al móvil y lo enviaba a vigilar.

—Por eso salía siempre de la nada...

Rebecca negó con la cabeza frenéticamente.

—Tu plan era una locura desde el principio. Si no hubiese llovido tanto, muchos de los adictos quizás hubieran huido y no habrías conseguido nada.

—¿Estáis seguros? Si hubiesen intentado escapar, Klaus se lo habría impedido o, más concretamente, les habría ahorrado el esfuerzo. Pero, gracias a la tormenta y a nuestro enfermero mal de la chaveta, no ha hecho falta.

—¡No entiendo! ¿Por qué sabotear tu propia clínica? Has invertido millones en el proyecto.

—¡Bah! El dinero va y viene, doctora. Y los beneficios llegarán, ¡ya lo creo! Mi visión es más a largo plazo y tengo socios. Lo que quería era asistir a un espectáculo grandioso.

En la cara de la psiquiatra se pintó una expresión de puro terror.

—No estás curado —susurró.

Ivánov tosió, luego siguió hablando con tono autoritario.

—Nadie se cura de una adicción. Y tú deberías saberlo. Se reniega de ella, se la mantiene a raya y se intenta olvidarla relegándola a un rincón oscuro de la mente... Pero no se va nunca. Siempre está lista para presentarse en cuanto hay un momento de debilidad.

—Estás más sonado que yo, hermano —ironizó Dennis.

—No, en absoluto, yo lo tengo todo bajo control. Siempre.

—Explícate mejor —lo exhortó Rebecca—. ¿Quién paga todo esto? Has dicho que no estás solo…

El ruso se rio.

—Estás atenta a lo que se dice.

—Es mi oficio.

—Tienes razón —confirmó él—, así que digamos que me respaldan algunos financiadores…

Mientras hablaba, la luz volvió a irse y, por un instante, las tinieblas lo envolvieron todo.

Dennis se lanzó hacia delante, pero el ruido sordo de un disparo lo paralizó. Rebecca chilló y rompió a llorar.

Un momento después, volvió la corriente. La sala apestaba a pólvora y a humo. Y estaban aún todos vivos.

Ivánov tenía la pistola apuntada a la cabeza de Dennis. Había errado por un pelo y había un agujero en la pared a su espalda.

—No me pongas de nuevo a prueba, ¿está claro?

El enfermero, pálido, asintió.

—Eso es, y ahora vuelve al lado de tu hermana.

—Pero, entonces, ¿lo sabías? —preguntó la psiquiatra con la voz quebrada por los sollozos.

—¿Que erais hermanos y puede que algo más? —replicó el ruso guiñando un ojo—. ¡Claro! Y es justo con eso con lo que he tejido la trama.

—¿La qué? —preguntó Dennis.

—Eh, no te hagas el santo. Tú has sido mi apuesta más grande. De ti dependía todo. Es más, dime: ¿te ha gustado degollar a Klaus? Te ha recordado a cuando se lo hiciste a tu padre, ¿verdad?

—Pero ¿qué clase de monstruo eres? —gritó Rebecca mirándolo con odio.

—Ay, doctora, eso deberías saberlo, visto que me has tratado y, según tú, también curado.

La psiquiatra se tapó la cara con las manos.

223

—He sido una estúpida. Una imbécil. Todos esos halagos a mi trabajo… Solo servían a tus fines.

—No era solo eso. Hubo momentos, cuando estaba en terapia, en los que casi me creí tus historias. Tus patrañas sobre la fuerza de voluntad. ¡Chorradas! Pero tengo que decir que me han servido para crear todo esto.

Ivánov acompañó sus palabras haciendo girar un dedo por encima de la cabeza.

—¿Cómo descubriste que éramos familia? —lo apremió Dennis.

—Al principio, fue una intuición. Pasé mucho tiempo observándoos cuando era vuestro paciente. Y noté que existía una complicidad particular entre vosotros. Un *feeling*, un entendimiento distinto del que hay entre dos amantes.

—¿Solo eso?

—Por supuesto que no. Soy un hombre de negocios, siempre exijo pruebas. Así que, una vez terminada la terapia, confié a alguien el encargo de indagar en vuestro pasado…

Rebecca y Dennis intercambiaron una mirada preocupada.

El ruso los tenía en un puño como un domador de circo a sus fieras. Y se estaba divirtiendo.

—No tenéis ni idea de lo que descubrí… Bueno, en realidad lo sabéis muy bien. Es el motivo por el que decidí apostar por vosotros: porque sois malos desde que erais pequeños. El mal está en vuestro interior, es vuestra adicción.

—¡Estás loco! Has perdido por completo el juicio —decretó Rebecca.

—¿Ah, sí? Entonces leed esto —dijo Grigori empujando la tableta hacia ellos.

—¿Qué tenemos que hacer? —preguntó Dennis.

224

—Haz clic sobre la carpeta que hay abajo, la que se llama «Hombre del saco». Contiene el informe del policía que investigó vuestro caso: Jürgen Fischer. ¿Lo recordáis?

La doctora suspiró. Lo tenía muy presente. Y, de pronto, le pareció volver atrás en el tiempo, unos veinticinco años…

225

Offenburg (Alemania), 1994

«*T*erminará enseguida.» No dejaba de repetírselo.

Su hermano se había llevado dos bofetadas por intentar defenderla.

Solo tenía que esperar; luego saldrían, como de costumbre. Él, después, quería siempre fumar su pipa al aire libre. Incluso bajo una nevada como aquella.

Solo que esta vez sería todo distinto. Había dado instrucciones a su hermano y le había explicado qué frasco tomar del botiquín.

—¿Lo has entendido bien?

—¿Cuánto tengo que poner?

—Todo —le había respondido ella—. Todo lo que haya.

Pensaba en eso mientras el hombre estaba sobre ella y no la dejaba casi respirar.

Era una especie de rito, siempre igual e igualmente desagradable. Se emborrachaba y la tiraba luego sobre el catre. Aquel día, sin embargo, el final sería distinto. Mientras él se distraía encendiendo la estufa de leña, ellos habían puesto el somnífero en su cerveza. Todo el que había.

El hombre ni siquiera se había dado cuenta. Se había vuelto a sentar y se la había pimplado en dos tragos, luego se había levantado de la mesa y había agarrado a la hija por la muñeca.

—Vamos a divertirnos.

El hermanito se veía obligado a presenciarlo todo porque en aquella cabaña perdida en el bosque no había otra habitación a la que ir. Ningún lugar al que huir. Miraba al suelo y escuchaba los lamentos de su hermana llorando en silencio.

A veces ella gritaba de dolor y, entonces, él, exasperado, intentaba quitarle al padre de encima. Lo que conseguía, sin embargo, era una patada o un revés. Y aquella bestia se excitaba incluso más.

Cuando terminó, se cerró la bragueta y ordenó a los chiquillos que se preparasen para salir.

—Os irá bien este aire cortante.

Los niños ni respiraron. Ella estaba aún dolorida, pero apretó los dientes. Dentro de poco tendría su venganza.

El hombre abrió la puerta y salió a la tormenta. La nieve caía densa y el reflejo de aquel manto blanco era casi cegador.

—¡Vamos!

Los tres comenzaron a avanzar lentamente. El padre delante y los hijos detrás.

—¿Será suficiente? —le preguntó el chico.

—Le hemos dado una dosis de caballo. Es un milagro que siga aún en pie.

Caminaron unos cientos de metros hasta llegar al calvero. El hombre metió la mano en el bolsillo para buscar su pipa y, en aquel preciso instante, el anestésico lo hizo derrumbarse sin sentido, de cara a la nieve.

Bajo el cortavientos, ella había escondido el gran cuchillo de caza, el que el padre usaba para desollar las piezas.

Se lo pasó al hermano, quien, sin dudar un segundo, cogió al hombre por el pelo.

—¡Dale! —lo exhortó.

El chiquillo empuñó el arma y la clavó en la garganta

del padre, empujando con toda su fuerza, como lo había visto hacer con los ciervos. Solo que ahora la presa era su despreciable progenitor.

Habría querido arrancarle la cabeza, pero no fue capaz. La sangre saltaba en todas direcciones sobre la nieve.

La hermana le quitó el cuchillo y se inclinó sobre la mano derecha del padre.

—No volverás a tocarme, hijo de puta —gritó, y se la cortó de un golpe.

Luego hizo lo mismo con la otra.

Al final, se derrumbó agotada al lado del hermano. Juntos observaron cómo el cadáver desaparecía poco a poco bajo la nevisca, que no tenía visos de ceder.

—¿Y ahora? —preguntó el pequeño tras un silencio interminable.

—Ahora tira el cuchillo, lo más lejos que puedas. ¡Rápido!

Él se levantó y arrojó el arma en la zona más densa del bosque.

—¿Volvemos?

La niña asintió.

—Sí, pero tenemos que hacer aún una cosa.

—¿Qué?

—Quemar la ropa.

—Vale, pero ¿luego? ¿Moriremos de frío?

—No, ya he pensado también en eso.

Hacía semanas que lo había planeado todo y ahora, por fin, podía decírselo también al hermano.

—Dispararemos una bengala. Alguien vendrá a recogernos y, cuando lleguen, tú les contarás exactamente lo que yo te diga, ¿entendido?

229

20

Clínica Sunrise (Italia), actualidad

—¿Una lectura interesante? —preguntó Ivánov con una risotada.

—¿Cómo lo has conseguido?

—Ay, querida, tengo amigos influyentes entre los peces gordos de la Policía alemana. Me permitieron echarle un vistazo y fotografiarlo antes de devolverlo a su sitio.

La doctora Stark negó con la cabeza, mientras Dennis no lograba dejar de mirar la tableta. También él estaba reviviendo aquel horror, relegado durante demasiado tiempo en el fondo de su memoria.

—Es inútil que te esfuerces en terminarlo —lo interrumpió el ruso—. Te lo resumo yo: dice que no había ningún hombre del saco y que a vuestro padre lo matasteis vosotros.

—¿Vas a asesinarnos? —le preguntó Rebecca mirándolo directo a los ojos.

Ivánov abrió los brazos como si la cosa no dependiese de él.

—¡Obviamente! No puedo permitirme dejar testigos. A los investigadores les diré que os habéis vuelto locos y habéis desencadenado esta carnicería. En el fondo, no está tan lejos de la verdad: tú, Dennis, eres un auténtico psicópata. ¿O debería llamarte Dietfried? Y a ti, Rebecca, ¿qué te parece Besse?

Oír pronunciar aquellos nombres fue para los dos como una ducha helada. Esquirlas de su pasado resurgieron tras haber estado enterradas durante años.

Rebecca se vio de nuevo envuelta en recuerdos, empujada a pensar en cuando vivían con el ogro en la Selva Negra, y se llamaban Besse y Dietfried Neumann.

Tras la muerte del padre, los habían confiado a una mujer simpática, una policía que los había tenido con ella menos de una semana. Luego los habían trasladado a una institución de Friburgo, en espera de encontrar parientes dispuestos a acogerlos. Los Bauer, primos de la madre, no habían podido quedarse con ellos, así que los habían enviado con una tía a Londres y allí se habían quedado. Por lo menos la niña, que no daba problemas. Dietfried, en cambio, daba ya señales de desequilibrio y la tía había preferido confiarlo a una institución que, después, lo había dado en adopción a la familia Moore. Ellos le habían cambiado el nombre por Dennis porque sonaba más inglés.

La pequeña, en cambio, había sido oficialmente adoptada por la tía y su marido, Josef Stark. También a ella le habían cambiado el nombre por la misma razón. Nadie quería que alguien recordase aquella fea historia de Nochebuena, de la que tanto habían escrito también los periódicos ingleses.

Ivánov volvió a hablar, trayéndolos de nuevo al presente.

—El coco eras tú, Rebecca. Y creo, en realidad, que tu hermanito te ayudó con valor hasta el punto de que, ese día, perdió algún tornillo.

—Estás desvariando.

—¿Sí? Entonces, ¿es solo mi imaginación? ¿No fuiste tú la que inventaste la historia del desconocido que mató a vuestro padre? Yo la encuentro perfecta para una niña de diez años. Eras ya muy lista. No como este idiota, que te ha causado siempre problemas.

Dennis gruñó, pero el cañón de la pistola extendida lo disuadió de actuar.

—Comenzaste pronto a manipular a la gente —siguió el ruso—. Él ha sido siempre tu títere: le hiciste matar a tu padre y luego le obligaste a aprender de memoria la historia del asesino desconocido que debía contar a la Policía.

—No fue así —protestó la doctora.

—¿Ah no? Yo creo que sí. No fuisteis a la cárcel solo porque erais demasiado pequeños para condenaros. Qué historia tan conmovedora, ¿no te parece? Siempre juntos. Uno la muleta del otro. Años difíciles, sobre todo para este loco al que, en cierto momento, alejaron... No le funcionaba el cerebro después de lo que había visto y hecho al padre. Puede que sea por eso por lo que tú estudiaste tanto para hacerte psiquiatra: para curar al loco de la familia. Perdón, al segundo loco. El primero era aquel animal de vuestro padre.

Rebecca miraba al suelo. Todo lo que salía de la boca de aquel maldito ruso era cierto. Era como si aquel monstruo le leyese la mente y pudiera ver el mal que, al crecer, por elección propia y para no olvidar, había continuado haciéndose ella misma, cortándose con una cuchilla los brazos. Era una forma de castigarse porque, en el fondo, era todo culpa suya. Suya la idea de matar al padre, suya la de implicar al hermano.

Y ahora que repasaba los hechos de los últimos días, entendía lo mucho que Dennis se había aplicado para cometer aquellos crímenes, borrando lo mejor que podía sus huellas, para protegerla y no implicarla. Primero había intentado eliminar los eslabones débiles, fingiendo que se habían ido. La lluvia, sin embargo, había arruinado sus planes. Así que había hecho que encontrasen los billetes de autobús en el dormitorio de Lena para que las sospechas recayesen sobre ella. Y, al final, había convencido a los hombres de dormir

233

en el cuarto de Claudio y no en el suyo para evitar que descubriesen el cloroformo y las huellas de sangre en el mono de trabajo y el trapo.

Cerró los ojos y dio un profundo suspiro. Se había hecho psiquiatra, esencialmente, para comprenderse bien y excavar en los meandros de su inconsciente y en el de su hermano que, desde aquella Navidad, no había vuelto a ser el mismo. Poco a poco, se había vuelto taciturno y sádico con los animales. Aquella experiencia los había marcado para siempre y ella había intentado poner las cosas de nuevo en orden, ajustar lo que se había averiado en el cerebro de Dennis.

Pero no era posible. Como mucho se podía fingir: fingir ser dos personas distintas; fingir que nunca había sucedido nada; fingir que él era un buen enfermero...

—Al final, tú, Rebecca, saliste adelante —siguió Ivánov—. Eres la que más fuerza de voluntad tiene, además. Estudiaste, dejaste de cortarte... Sí, también eso lo sé. He visto cuánta empatía sentías por Jessica, que vivía una situación idéntica a la tuya.

—No entiendes nada... —susurró la doctora.

—Al contrario, lo entiendo muy bien. Soy un adicto, ¿recuerdas? Tú te cortabas para castigarte por tus culpas, pero lo superaste. Y te convertiste en la tabla de salvación de tu hermano que, en el fondo, había perdido el juicio por defenderte.

—Calla, capullo —gritó Dennis—. Verás lo que te hago en cuanto te eche la mano...

Ivánov sonrió sorprendido.

—¿Lo ves, Rebecca? Con eso contaba. Y ha ido exactamente como esperaba: ha bastado un empujoncito y su verdadera naturaleza se ha manifestado; ver a Klaus que trapicheaba, que satisfacía los instintos más bajos de los pacientes y que, en consecuencia, arruinaba la clínica de su querida hermana, le hizo perder los papeles...

234

—Estás enfermo de verdad.

—¿No lo sabías ya, doctora?

—Ahora entiendo que hay mucho más que tu adicción. ¡Eres un auténtico psicópata!

—Bueno, aquí estoy en buena compañía.

Por un momento se hizo el silencio, luego la psiquiatra miró a Ivánov con una luz nueva en los ojos.

—Así que has puesto todo esto en pie para dar vida a tu fantasía más perversa. La que siempre te ha obsesionado... La Sunrise no es más que el escenario de tu... ¡Dios mío!

—¿Su qué? —preguntó Dennis confuso.

—¡Mi *snuff movie*! —rio el ruso—. Eso es. Solo falta la última escena. —Indicó las cámaras de vigilancia—. Y adivinad quiénes serán los protagonistas ahora que ha vuelto la luz.

Dennis continuaba meneando la cabeza.

—Pero ¿qué delira?

Rebecca suspiró.

—Su obsesión es ver cómo muere gente en directo. Lo disfruta. Es su adicción.

—Es buena nuestra psiquiatra: ¿ves como al final lo has entendido todo?

—Y esto solo es una tapadera...

—Sí. Esta villa, tras la restructuración, vale ya mucho más que cuando la compré.

—Además, están los adictos. Ellos...

—Son nuestro tesoro. Con la campaña publicitaria mundial, mis socios y yo hemos formado un archivo que nos bastará para el resto de la vida.

—No entiendo —intervino Dennis—. Un archivo ¿de qué?

—De desesperados —suspiró Rebecca—. Personas solas, que nadie busca cuando desaparecen, marginados sociales.

—Un análisis impecable. Y vosotros dos habéis hecho

235

de espejito para las alondras de este proyecto. En cuanto al dinero gastado, no os preocupéis: el floreciente mercado de las *snuff movies* triplicará la inversión inicial.

—Qué asco me das.

Ivánov sonrió.

—Basta de cumplidos; es hora de terminar. Vamos al salón, que hay más espacio y una luz mejor.

Rebecca y Dennis se tomaron instintivamente de la mano, sin moverse.

—¡Qué ternura! —bufó Ivánov.

—¿Quieres ver algo excitante, Grigori? —lo pinchó la doctora inclinándose hacia delante.

—¿Qué tienes en mente?

La mujer sonrió maliciosa y se pasó la lengua por los labios, tras lo cual agarró del pelo al hermano y lo atrajo hacia ella para besarlo en la boca. Un gesto sensual que excitó a Ivánov lo indecible.

El ruso los miró con los ojos desencajados y su respiración se aceleró mientras Rebecca se apoyaba en el escritorio dejando que Dennis la abrazase.

—¡Parad! ¡Parad! —ordenó el otro jadeando.

—¿Qué pasa? ¿No te gusta? ¿Quieres que hagamos alguna otra cosa para tu peli?

Ivánov alargó un dedo que pasó por los labios de ella. Rebecca comenzó a chuparlo con avidez.

—¿Cómo qué? —preguntó agitado.

La electricidad se fue un segundo.

—¡Como matarte, cabrón de mierda! —gritó ella lanzándose hacia delante.

Cuando la luz volvió, para Ivánov era ya demasiado tarde. La puesta en escena del beso había sido solo un entretenimiento que había permitido a la psiquiatra sacar el cuchillo y clavarlo en la garganta del magnate.

El ruso la observaba ahora incrédulo, con los ojos de

par en par. Dennis, mientras, lo había desarmado con una patada, y la pistola había caído lejos.

—En tu reconstrucción, has olvidado un detalle importante, querido Grigori —lo apremió la psiquiatra—. Tendrías que haberte preguntado qué había pasado con el cuchillo con el que Dennis ha degollado a todo el mundo. Un error letal. ¿Sabes dónde estaba? Donde mi hermano lo lleva siempre: colgando de una trabilla, dentro de una funda de piel de ciervo.

El enfermero se volvió y se levantó la espalda de la bata para enseñarle la funda.

—Y adivina —siguió la doctora—: es idéntico al que tenía nuestro padre. Qué ternura, ¿verdad?

Ivánov, en aquel momento, se derrumbó en el suelo, en medio de un charco de sangre.

El cielo se había despejado y brillaba un sol tímido. La villa había vuelto a ser un lugar maravilloso y no una tétrica catedral de la muerte. Una ratonera que escondía los cadáveres de nueve personas.

Dennis se había lavado y cambiado, y ahora esperaba a su hermana sentado al volante del todoterreno de Ivánov, con el motor en marcha.

Rebecca llegó corriendo, el pelo mojado al viento.

—Bonito este regalo del querido Grigori —dijo montando.

Él le sonrió, luego señaló la villa.

—¿Lo dejamos todo así?

Ella se encogió de hombros.

—Nadie sabía que estábamos aquí. ¿Y recuerdas la avalancha de precauciones sobre la privacidad? El único que conocía la identidad de los pacientes y del personal era Ivánov y, desde luego, no va a poder contarlo.

—¿Será suficiente?

—No lo sé. En cualquier caso, he ideado un plan para borrar las huellas.

—¿A saber?

—¿Has hecho lo que te he pedido, Dennis?

Aunque conocía la respuesta, quería oírsela decir.

—Claro, he llevado todos los cadáveres a la cocina. Pero ¿cuál es tu idea?

Ella sonrió.

—Arreglaré las cosas una vez más. Si llegaran hasta nosotros, diremos que nos fuimos antes de que comenzase a llover, por desacuerdos con el dueño.

—¿Y?

—Y nada. Los investigadores se divertirán elaborando una teoría fantasiosa. Siempre que encuentren algo…

—¿Por qué?

El estruendo fue ensordecedor y la onda expansiva hizo temblar el vehículo. Ambos se giraron de golpe hacia la mansión, que estaba ya envuelta en llamas.

Dennis miró a su hermana, que le enseñaba un par de tijeras y un pedazo de tubo de goma.

—¡Ups! Habrá sido una fuga de gas —se rio ella—. Mejor será que nos vayamos.

Él metió la marcha y los grandes neumáticos del coche dejaron sus huellas en el lodo.

—Volveremos a empezar de nuevo —susurró Rebecca—. Y esta vez nada se torcerá.

Este libro utiliza el tipo Aldus, que toma su nombre
del vanguardista impresor del Renacimiento
italiano, Aldus Manutius. Hermann Zapf
diseñó el tipo Aldus para la imprenta
Stempel en 1954, como una réplica
más ligera y elegante del
popular tipo
Palatino

Los adictos
se acabó de imprimir
un día de invierno de 2021,
en los talleres gráficos de Egedsa
Roís de Corella 12-16, nave 1
Sabadell (Barcelona)